A filosofia de *O Símbolo Perdido*

Título original: *33 Keys to Unlocking The Lost Symbol*

Capa: Código Fonte
Imagens de capa: © Dreamstime.com, Anna Bakulina (selo); Avark69 (papel antigo); William Perry (capitólio)
Preparação e revisão: Tulio Kawata
Diagramação: Nobuca Rachi

Dados Internacionais de Catalogação na Publicação (CIP)
(Câmara Brasileira do Livro, SP, Brasil)

Beyer, Thomas R.
A filosofia de O símbolo perdido : guia das curiosidades / Thomas R. Beyer, Jr. ; tradução de Magda Lopes. – São Paulo : Lua de Papel, 2010.

Título original: 33 keys to unlocking The lost symbol.
"Maçonaria, Bíblia, física, arte, ciências de última geração e muito mais".
ISBN 978-85-63066-04-6

1. Brown, Dan, 1964- . Símbolo perdido - Guias, manuais, etc. I. Título.

10-00305 CDD-813

Índice para catálogo sistemático:
1. Literatura norte-americana 813

2010

TEXTO EDITORES LTDA.
[Uma editora do grupo Leya]
Av. Angélica, 2163 – conj. 175/178
01227-200 – Santa Cecília – São Paulo – SP
www.leya.com

Thomas R. Beyer

A FILOSOFIA DE

O Símbolo Perdido

GUIA DAS CURIOSIDADES

MAÇONARIA, BÍBLIA, FÍSICA, ARTE,
CIÊNCIAS DE ÚLTIMA GERAÇÃO E MUITO MAIS

Tradução de
MAGDA LOPES

lua de papel

Título original: *33 Keys to Unlocking The Lost Symbol*

Capa: Código Fonte
Imagens de capa: © Dreamstime.com, Anna Bakulina (selo); Avark69 (papel antigo); William Perry (capitólio)
Preparação e revisão: Tulio Kawata
Diagramação: Nobuca Rachi

2010

TEXTO EDITORES LTDA.
[Uma editora do grupo Leya]
Av. Angélica, 2163 – conj. 175/178
01227-200 – Santa Cecília – São Paulo – SP
www.leya.com

Sumário

Introdução

Finalmente, o novo romance de Dan Brown, *O Símbolo Perdido*, chegou. "Tudo será revelado", como proclamava a publicidade anterior à publicação. Os leitores que esperaram tanto tempo tinham de volta o agora familiar herói, Robert Langdon. Oitenta milhões de cópias de *O código Da Vinci* foram vendidas no mundo todo, e milhões de espectadores assistiram a ele no cinema, assim como ao filme *Anjos e demônios*. O professor ficcional já havia se tornado objeto de culto entre os adultos, o que lembrava o sucesso anterior de James Bond nos romances de Ian Fleming e inúmeros filmes desde *O satânico dr. No*, com Sean Connery e Ursula Andress. O novo romance tem muitas referências e alusões às aventuras anteriores de Langdon em Roma e Paris, reforçando de tempos em tempos nossas lembranças dessas obras. Esses dois livros anteriores, no que agora parece ser uma série, estabelecem uma base e um contexto para o que virá.

Esperávamos que Langdon fosse chamado de Cambridge para alguma terrível cena de crime em uma importante metrópole. O homicida ou assassino seria uma figura assustadora, a encarnação do próprio mal. A Langdon se juntaria uma mulher brilhante, vítima de uma tragédia familiar. Juntos partiriam em uma busca frenética, página após página, em busca de respostas. Ao longo do caminho, Langdon recorreria ao seu extenso conhecimento dos símbolos e religiões antigos e à sua familiaridade com a arte para seguir pistas e decifrar códigos para recriar um mapa que conduza a alguma sabedoria perdida.

Desta vez, *O Símbolo Perdido* nos conduz a uma aventura empolgante, com a duração de uma noite, em que Robert Langdon corre por Washington em um esforço para salvar seu amigo Peter Solomon, um maçom do 33º grau. Em sua breve odisseia, Langdon descobre os segredos da capital dos Estados Unidos e suas origens e propósitos. O tempo todo ele percorre uma série de prédios históricos, desde o Capitólio até a Casa do Templo Maçônico, culminando no Monumento a Washington. A cidade funciona como o cenário perfeito para um segredo da CIA e para a tentativa contínua de Dan Brown de conciliar o confronto entre a ciência e a espiritualidade. *O Símbolo Perdido* desvenda alguns dos segredos da maçonaria e da tradição bíblica judaico-cristã para revelar a “sincronicidade de suas crenças”. Como veremos, essas crenças emanam dos Antigos Mistérios, que, no correr do tempo, guardaram a chave para a Palavra Perdida, que estava bem diante de nossos olhos, e no entanto invisível.

Langdon, como sabem seus leitores, é um professor, como foi Brown antes de iniciar sua carreira de escritor. Langdon nos adverte sobre a enormidade da tarefa. "Compreender os Antigos Mistérios é um processo que leva a vida inteira" (467).* Como qualquer bom professor, seu objetivo é estimular a curiosidade intelectual, levantar questões, pois a verdadeira sabedoria se inicia com o reconhecimento de que a vida é uma busca contínua por respostas. Peter Solomon, em um comentário que poderia muito bem ser aplicado a toda a série de Langdon, admite: "Agora vejo que a verdadeira finalidade da Pirâmide Maçônica era criar esse fascínio, e não revelar as respostas" (474). Nesse aspecto, o romance é um absoluto sucesso.

O Símbolo Perdido é também um gigantesco quebra-cabeça. Ele foi antecipado desde que Brown deixou uma série de pistas e provocações na sobrecapa de *O código Da Vinci*, e expressou sua intenção de escrever um romance ambientado em Washington, envolvendo uma sociedade secreta da América, a maçonaria. A orelha da sobrecapa de *O código Da Vinci* (2003) continha uma série de letras em negrito que, quando reunidas, formavam a frase: "Não há esperança para o filho da viúva". O próprio Brown declarou, certa ocasião, que estava trabalhando em outro

* Os números de páginas das citações da tradução brasileira de *O Símbolo Perdido* estão indicados entre parênteses.

livro envolvendo seu herói, Robert Langdon, que seria "profundamente baseado [...] na enigmática irmandade dos maçons". O título inicial da obra era *The Solomon Key* [A chave de Salomão], revelada pelo editor de Brown, Stephen Rubin, já em 2004.

O próprio romance foi precedido de uma campanha publicitária cuidadosamente planejada e um pouco enigmática. Em abril de 2009, um anúncio da Doubleday anterior à publicação dizia que estava sendo preparada uma edição de cinco milhões de exemplares para a data do lançamento, 15 de setembro. Essa data, 15 de setembro de 2009, era reputada como tendo uma importância que iria se tornar óbvia após a leitura do romance. (A solução é 15/09/09 = 15 + 9 + 9 = 33, um número que aparece na capa da edição americana.) O anúncio foi feito algumas semanas antes do lançamento do filme *Anjos e demônios*, dirigido por Ron Howard e estrelado por Tom Hanks. Em julho de 2009, a Doubleday continuou a campanha publicitária colocando um *site* na Internet com um *widget** e um relógio com contagem regressiva até 15 de setembro. Havia também um convite para a assinatura de avisos de novidades, assim como *links* para contas do Facebook e do Twitter dedicados ao romance. Mais de cem pistas apareceram de início no Facebook e no Twitter, incluindo có-

---

* Segundo a Wikipédia, "um *widget* é um componente de uma interface gráfica do usuário, o que inclui janelas, botões, menus, ícones, barras de rolagem, etc.". (N. E.)

digos, imagens e declarações, todas gerando comentários por vezes extensos. O Facebook tinha mais de 90 mil amigos com uma provocação que aparecia de vez em quando, dizendo que "O editor de Dan Brown vai anunciar o nome do próximo adversário de Robert Langdon quando atingirmos 100 mil fãs". Em agosto, foi disponibilizado para *download* um arquivo de alta definição em PDF da arte da capa. Como sua antecessora, a sobrecapa apresentava mensagens secretas que requeriam um exame mais minucioso. A *homepage* de Dan Brown foi reconstruída. O *site* apresenta uma estante de livros e também contém um "ovo de Páscoa". Clicando em uma foto no canto inferior direito que parece uma cena de *A apoteose*, a figura se transforma em uma foto de Dan Brown e abre um compartimento secreto. Esse compartimento, por sua vez, pode ser aberto para revelar todo o conjunto de quebra-cabeças associado a todos os romances de Brown, incluindo um para *O Símbolo Perdido*. Uma semana antes da publicação do livro, foi colocado no *site* uma "Busca do símbolo", prometendo: "Se você tiver sucesso na BUSCA DO SÍMBOLO e conseguir encontrá-lo, vai receber uma mensagem que vale a pena!". Há também um *Jogo da Memória do Símbolo Perdido* para iPhone.

O Símbolo Perdido apresenta vários personagens e locais históricos, títulos, citações, jogos de palavras, detalhes e "fatos". Langdon é um aficionado da natação, que se exercita às 4h45 da manhã de um domingo na Blodgett

Pool de Harvard. (Mas, apenas como um pequeno esclarecimento, a piscina fica aberta bem cedo pela manhã apenas para grupos de idade específicos, não para natação individual.) Separar o fato da ficção é pedir demais aos leitores de Brown. O próprio autor sugere um exame detalhado. Em *Anjos e demônios*, ele simplesmente declarou como "Fato" a existência do CERN (Conselho Europeu de Pesquisa Nuclear) e da antimatéria. Em sua "Nota do autor", ele nos garantiu:

> As referências a todas as obras de arte, tumbas, túneis e arquitetura de Roma são inteiramente factuais (assim como suas localizações exatas). Eles ainda podem ser vistos hoje. A irmandade dos illuminati é também factual.

Em *O código Da Vinci*, ele declara como "Fato" a existência do Priorado de Sião e da Opus Dei. Brown se encanta em ousar obscurecer os limites tradicionais da ficção e do mundo real. Em *O Símbolo Perdido*, somos confrontados com outra página de "Fatos": um documento de 1991 trancado em um cofre da CIA cujo texto codificado contém a frase: "*Isso está enterrado em algum lugar*". "Todas as organizações que aparecem neste romance existem." Mas isto está bem longe de garantir que tudo o que é revelado sobre os franco-maçons, o Colégio Invisível, o Escritório de Segurança, o Centro de Apoio dos Museus Smithsonian e o Instituto de Ciência Noética seja verdade. Mas os leitores não iniciados ou descuidados podem estender as declarações cuidadosamente expressadas para algo mais sinistro. A página de "Fatos" conclui: "Todos os rituais, informações científicas, obras de arte e monumentos citados neste romance são reais". Declarar que uma coisa é "real" dificilmente constitui uma revelação, mas até mesmo essa declaração, como veremos, necessita de alguma qualificação.

Não obstante as afirmações de Brown que precedem a ação de seu romance, a página do *copyright* expressa claramente: "Este livro é uma obra de ficção". Dan Brown é um escritor; seu objetivo é entreter e talvez informar seus leitores. Seu talento e habilidade artísticos visam nos transportar para locais instigantes, destrancar as portas para segredos desconhecidos, abrir nossos olhos para imagens familiares e revisitar a história. Seus romances têm conduzido os leitores a explorar por si mesmos os locais, as obras de arte, a arquitetura e a geografia que encontram. Em grande parte, a popularidade e o sucesso esmagadores de suas obras no mundo todo se devem a essa estimulação da curiosidade do leitor.

Eu sou um desses leitores curiosos, em busca dos fatos que estão por trás da ficção. Este livro é uma jornada no caminho das *33 chaves* para *O Símbolo Perdido*. O que é realidade, onde está a ficção? Brown passou anos pesquisando para o livro e enche suas páginas com uma quantidade extraordinária de informações. Explorar tudo isso levaria meses, se não anos, até mesmo para aqueles que mantêm seus Blackberries ou *laptops* conectados com a Internet. Há dezenas, centenas e, no caso dos maçons e das teorias da conspiração, literalmente milhares de *websites*, e suas páginas podem ser multiplicadas por dez. Brown quase antecipa a busca quando faz Langdon alertar seus alunos de que "'Google' não é sinônimo de 'pesquisa'" (105). Não, não é, mas, desde a diretora do Escritório de Segurança da CIA até Katherine Solomon e sua assistente, todos usam os mecanismos de busca da Internet para reunir informações relevantes e valiosas.

O Símbolo Perdido é sua própria investigação, uma jornada em busca de algo perdido, cuja descoberta deve iluminar o descobridor e proporcionar o seu ingresso em um grupo exclusivo de iniciados ao qual a Palavra foi revelada. No fim, Robert Langdon parafraseia o Evangelho de Lucas 8:17: "*Não há nada oculto que não será revelado, nem segredo que não virá à luz*" (488). O romance é um tesouro sem dono de fatos ocultos ou pouco conhecidos. Esteja preparado para aprender um pouco e depois explorar mais por si mesmo seguindo os 133 *links* de ajuda. Pesquise no Google qualquer coisa que desperte sua curiosidade. Junte-se àqueles para os quais os Mistérios são apenas o início de uma viagem que dura a vida toda!

Permita que este livro seja seu companheiro e guia para proporcionar ao romance de Dan Brown uma perspectiva mais clara, esclarecer alguns de seus mistérios e mitos, e revelar alguns dos segredos ocultos na busca do Símbolo que se torna a Palavra, para criar alguma “Ordem a partir do Caos”. Se você gostou de ler *O Símbolo Perdido*, vai saber e desfrutar muito mais do romance quando recordar os episódios ou, quem sabe, até reler o livro todo. Com certeza, sua leitura será bem diferente.

Links

THE LOST SYMBOL
www.thelostsymbol.com

HOMEPAGE DE DAN BROWN
www.danbrown.com

DAN BROWN NO FACEBOOK
www.facebook.com/DanBrown

DAN BROWN NO TWITTER
twitter.com/lostsymbolbbook

I

Nomes e jogos

Há quase uma dúzia de personagens mais e menos importantes em *O Símbolo Perdido*, no qual, durante uma noite de domingo de janeiro, o enredo se desenvolve principalmente na cidade de Washington. É uma jornada circular, como um uróboro. Este símbolo é a representação de uma serpente mordendo sua própria cauda para formar um círculo, que nos traz de volta ao Capitólio dos Estados Unidos para contemplar a luz do início da aurora e com isso a iluminação, ou o esclarecimento, que estava ali o tempo todo. Dan Brown adora palavras e nomes, sua história, suas associações, seus significados ocultos. Os nomes, em particular, podem evocar curiosas associações. Alguns são anagramas, um jogo de palavras em que as letras podem ser rearranjadas para revelar outro nome ou frase. Em *O código Da Vinci*, o personagem Leigh Teabing aponta para Baigent e Leigh, autores de *O Santo Graal e a linhagem sagrada*, que mais tarde acusariam Brown de plágio em um tribunal de Londres. Ao escolher o número oculto 33, fiz escolhas e muitos dos nomes dos personagens que ainda podem ter segredos a compartilhar deixaram de ser citados. Quem sabe quantas outras palavras perdidas podem ser descobertas pelos leitores quando relerem e reexaminarem o livro?

1

Robert Langdon

Langdon está de volta, depois de sobreviver à morte certa nas mãos de assassinos em *Anjos e demônios* em 2000, e em *O código Da Vinci* em 2003, assim como nos filmes em que ele é interpretado por Tom Hanks. Langdon está um pouquinho mais esperto e mais modesto, e nós, os leitores, aprendemos um pouco mais sobre ele. Mas, em *O Símbolo Perdido*, Langdon ainda sabe as coisas alguns minutos ou alguns capítulos antes de nos revelá-las.

Langdon tem 46 anos de idade e é professor de simbologia religiosa da Universidade Harvard em Cambridge, Massachusetts. O *website* de Harvard não lista esse professor, essa disciplina ou sua *webpage* pessoal. Então, Langdon criou a sua própria. Essa *webpage* pessoal para um personagem de um romance, juntamente com uma fotografia de seu editor fictício disfarçado, J. Faukman (um anagrama do editor real de Brown, Jason Kaufman), foi tudo parte de um sistema de apoio para a ficção na realidade virtual. Criada para *O código Da Vinci*, a *homepage* de Robert é uma brincadeira do século XXI. Um truque similar é uma *webpage* real para o inexistente Banco de Depósitos de Zurique dessa obra. O banco ficcional vem com sua própria história ficcional. Há até mesmo a possibilidade de entrar nele se você tiver um nome e número de conta (experimente a sequência de Fibonacci).* Tudo isso é muito divertido para alguns, mas corre-se o risco de questionar o limite entre a realidade e a realidade virtual que se tornou uma marca registrada de Robert Langdon e Dan Brown.

Langdon agora pode ser famoso por suas explorações em Roma e Paris, pois, nas páginas de abertura de *O Símbolo Perdido*, Pam, do Serviço de Atendimento aos Passageiros do Dulles Airport, o reconhece. Mas a fama não alterou suas roupas, que são muito menos modernas do que o terno Brioni sob medida que Tom Hanks usa em *Anjos e demônios*. Seu "uniforme" é um suéter grafite de gola rulê, um paletó de *tweed* Harris, uma calça cáqui e sapatos fechados de couro de cabra. Dan Brown e Robert Langdon têm pelo menos isto em comum, a julgar pela amplamente utilizada foto de publicidade disponibilizada por seu editor. Langdon frequentou a Academia Philip Exeter, onde Brown também estudou e mais tarde ensi-

---

* A sequência de Fibonacci consiste em uma sucessão de números que, definindo os dois primeiros números da sequência como 0 e 1, os números seguintes serão obtidos por meio da soma dos seus dois antecessores. Portanto, os números são: 0, 1, 1, 2, 3, 5, 8, 13, 21, 34, 55, 89, 144... e assim por diante. (N. T.)

nou inglês. Langdon formou-se na Universidade de Princeton, onde também jogava polo aquático, o que explica por que ele é um aficionado da natação que gosta de se exercitar bem cedo todas as manhãs. Devido a um acidente na infância que o deixou no fundo de um poço durante uma noite toda, ele é terrivelmente claustrofóbico, e por isso espaços confinados lhe causam – e ao leitor – sérias palpitações cardíacas. Langdon primeiro aparece em seu próprio sonho de um claustrofóbico passeio em um elevador na Torre Eiffel. O símbolo parisiense não é apenas a estrutura que superou em altura o Monumento a Washington quando foi inaugurada em 1889, mas também funciona como um lembrete da cidade onde é ambientado *O código Da Vinci*. A necessidade de luz de Langdon em seu pesadelo é também uma introdução perfeita para o tema da maçonaria e dos rituais maçônicos que oferecem iluminação.

O nome Langdon é extraído de John Langdon, o artista que realizou os maravilhosos ambigramas para *Anjos e demônios*, cujas palavras, quando giradas 180 graus, são as mesmas de cabeça para baixo que na posição original. Brown reconheceu seu débito para com John Langdon pelos ambigramas e pelo nome quando apareceu diante do tribunal em Londres, onde estava sendo processado por suposto plágio.

> Como um tributo a John Langdon, dei ao protagonista o nome de Robert Langdon. Achei que este era um nome fantástico. Parece muito "Nova Inglaterra" e gosto de sobrenomes com duas sílabas (Becker, Langdon, Sexton, Vetra, etc.). Todo personagem tem seu propósito, e com Langdon eu queria criar um professor.

Houve também um famoso John Langdon (1741-1819) em New Hampshire, estado natal de Brown, um dos primeiros senadores dos Estados Unidos e mais tarde governador do estado.

O personagem Robert Langdon é na verdade um professor, e suas aulas em Harvard são muito frequentadas, pois ele magnetiza os alunos com seu domínio das teorias esotéricas e ocultas. Mas é também cuidadoso ao rejeitar, por não terem nenhum fundamento, muitas afirmações e declarações que aparecem na Internet. Enquanto professor, ele reconheceu, como Brown, a responsabilidade aumentada quando se é colocado pelo público em geral em níveis muito elevados. Alguns críticos de *O Símbolo Perdido* observaram que Langdon não é de modo algum tão crítico da instituição da maçonaria quanto foi da Igreja Católica, que se sentiu mal representada pelas misturas de fato e ficção anteriores de Brown. Essa abordagem nova, mais objetiva, criteriosa e equilibrada, pode simplesmente ser o resultado de uma autoconsciência aumentada que foi comentada pelo próprio Brown.

Eu já estava escrevendo *O Símbolo Perdido* quando comecei a perceber que *O código Da Vinci* iria ser importante. O que me aconteceu, e deve acontecer com qualquer escritor que obteve sucesso, é que eu temporariamente me tornei muito autoconsciente. Em vez de escrever e dizer: "É isto que o personagem faz", você diz: "Espere, milhões de pessoas vão ler isto". É como um tenista que pensa demais sobre uma jogada – você fica temporariamente debilitado.

O conceito de ensino é um tema recorrente em *O Símbolo Perdido*, pois a sabedoria secreta é transmitida de geração para geração. Brown, na mesma declaração feita durante o processo, enfatizou o aspecto do pai como educador, aquele que nos orienta. Reconheceu humildemente seu débito para com seu pai: "Muitas das pessoas que eu admiro são professores – meu pai é a figura óbvia da minha própria vida [...] John Langdon também é um professor". No romance, Langdon será tanto professor quanto aluno, que, tentando salvar a "alma" de Peter Solomon, vai sofrer sua própria transformação.

Links

WEBSITE DE ROBERT LANGDON

www.randomhouse.com/doubleday/davinci/robertlangdon

DEPOSITORY BANK OF ZURICH

www.randomhouse.com/cgi-bin/robertlangdon/dbz.cgi

JOHN LANGDON

www.johnlangdon.net/ambigrams

2

Mal'akh, Christopher Abaddon, Zachary

Mal'akh, a misteriosa e sombria figura tatuada, é certamente o correspondente das nêmesis passadas de Langdon, como Hassassin em *Anjos e demônios* e Silas em *O código Da Vinci.* Ele é um homem de muitos nomes e muitas faces, um mestre do logro, um ilusionista que, como o romance, fechará o círculo das questões no decorrer da noite. Primeiro encontramos "Aquele que se apresentava como Mal'akh" (19). Este é um suposto nome derivado de מַלְאָךְ (mal'ach/mal'akh), palavra hebraica para "anjo" e, às vezes, "mensageiro". Hassassin, em *Anjos e demônios*, vai se referir a si mesmo como "Malak al-haq – o Anjo da Verdade". Mas essa figura é um anjo caído, um demônio, o Moloch de *O Paraíso perdido* e do livro do Levítico. A transformação de nomes por Mal'akh é graficamente descrita em seu corpo tatuado, que supostamente reflete a verdade oculta, interna. Mas, quando seu corpo é exposto à luz, a verdade fica visível a todos. Como gritou "um mortal": "Meu Deus, você é um demônio!" (21). Em público, Mal'akh se passa pelo dr. Christopher Abbadon. Os dois nomes são uma combinação irônica de Christopher, o "portador de Cristo", e o Abaddon das Revelações de São João 9:11: "E tinham sobre si como rei o anjo do abismo, cujo nome em hebraico é Abadom". O Livro das Revelações é mais comumente conhecido como O Apocalipse, em geral interpretado como o fim do mundo, mas o significado grego da palavra é "erguimento do véu". O refrão frequentemente repetido por Mal'akh – "O segredo é saber como morrer" – faz eco a Revelações 9:6: "Naqueles dias os homens buscarão a morte, e de modo algum a acharão; e desejarão morrer, e a morte fugirá deles".

O demônio também usa o nome Anthony Jelbart, o secretário de Peter Solomon que fala ao telefone com

A Sala do Templo.

Langdon. Mal'akh também viveu durante algum tempo sob o nome falso de Andros Dareios, que ele explica como "Andros significando 'homem' e Dareios, 'rico'" (225). Na verdade, todas essas são supostas identidades de Zachary Solomon, o filho pródigo de Peter. No Novo Testamento, Zacarias era o pai de João Batista, primo de Jesus, Seu mensageiro, que finalmente teve a cabeça cortada. No Velho Testamento da Bíblia há o intimamente relacionado Zacarias, cujo nome hebraico significa "Aquele de quem Deus se lembrou". O nome também aponta para o Livro de Zacarias 6 e 7, que introduz o conceito dos Quatro Cavaleiros, prenunciando o Apocalipse.

Quase parece que Zachary se levantou da tumba, pois durante a maior parte do livro supõe-se que ele tinha morrido. Ele, na verdade, enfrentou duas quase mortes, a primeira na prisão e a segunda na tentativa de assalto à casa dos Solomon. Aparece pela terceira vez para reclamar a pirâmide secreta que rejeitara como seu direito de primogenitura quando completara dezoito anos. Uma vida corrupta o conduziu a uma prisão na Turquia, onde seu pai, Peter, aparentemente o sacrifica para lhe dar uma lição. Em um ato transformador, Zachary vai se tornar um novo homem (*andros*). Ele busca uma existência hedonista, mas esta é substituída por um ímpeto de obter não apenas riqueza, mas também sabedoria. Sua tentativa frustrada de roubar a Pirâmide Maçônica resulta em assassinar sua avó, e depois ser ferido por ela e por seu pai. Então começa sua própria busca erudita por significado, não diferente de Manly P. Hall, o cronista dos Mistérios Secretos. Volta a Washington, acreditando na promessa do 33º grau do Rito Escocês da maçonaria de que "tudo será revelado". Quando o grau lhe é conferido sem a necessária sabedoria, Mal'akh trama extrair o segredo de seu pai e se transforma. Também pretende destruir o trabalho de sua tia, Katherine. Entretanto, Mal'akh não busca a luz, mas sim mergulhar o mundo na escuridão, para "*ofuscar a luz*" (60). Seu estudo o levou a imitar a magia negra de Aleister Crowley, conhecido por muitos, um século atrás, como "o homem mais malvado do mundo". Através de seu jejum e preparação ritualística satânica, Mal'akh tenta repetir de maneira diabólica a história de Abraão e Isaac, o pai a quem foi pedido que sacrificasse seu próprio filho. Isto é conhecido como a *Akedah* no Livro do Gênesis 22. Mal'akh/Zachary viverá frustrado até o fim. Ele não morrerá pela mão de seu pai, mas, não obstante, será sacrificado no altar da Casa do Templo. Na Sala do Templo, delineado em um círculo, como o círculo nu sobre sua cabeça, ele forma um circumponto humano, simbolizando o único Deus.

Links

AS CONFISSÕES DE ALEISTER CROWLEY
www.hermetic,com/crowley/confess/chapter1.html

3

Peter, Katherine, Isabel Solomon

A chave para entender o personagem de Peter é o Evangelho de Mateus 16:17-19, em que Jesus muda o nome de Simão para Pedro. Cristo promete construir sobre a pedra a Sua igreja, e concede a Pedro as chaves do reino do céu. Pedro (*petros* em grego) torna-se assim a fundação ou pedra (*petra*) do catolicismo romano. As múltiplas associações ao papado e à Basílica e à Praça de São Pedro em Roma são óbvias e todas fundamentais para *Anjos e demônios*. O sobrenome Solomon [Salomão] recorda o Filho de Davi, o rei sábio, construtor do templo (Reis, 1). Salomão é também uma figura fundamental para os cavaleiros templários e as lendas maçônicas, e aparece em muitos dos textos de ocultismo da Europa, incluindo *Key of Solomon* [Chave de Salomão]. Também não se deve esquecer que *O Símbolo Perdido* foi originalmente concebido como *A chave de Salomão*.

Peter é um "filantropo, historiador e cientista" de 58 anos de idade, formado em Yale, cuja família remonta à

Real Sociedade de Londres, a continuadora do "Colégio Invisível". Multimilionário secretário do Instituto Smithsonian e Grão-Mestre do Ramo Sul do Rito Escocês da maçonaria, Peter sofreu grandes perdas. Ele testemunhou e é até certo ponto responsável pela morte de sua mãe, e supõe que também pela morte de seu filho, Zachary. Peter é como um pai para Robert Langdon, que o ouviu fazer

O sacrifício de Isaac.

conferências em Princeton e depois em Philips Exeter. Peter apresenta várias de suas próprias miniconferências no decorrer do romance, incluindo uma sobre os deístas e os Pais Fundadores. Também exorta os alunos a lerem a Bíblia.

Foi confiado a Peter um pacote secreto transmitido através de gerações dos Solomon e maçons, que ele entrega a Langdon para guardá-lo em segurança. Também se torna o guia simbólico e literal para iniciar Robert Langdon nos ensinamentos maçônicos. Imitando o primeiro grau do ritual de iniciação maçônica, Peter vendará os olhos de Langdon e o conduzirá até o Monumento a Washington, onde revela a mensagem "Louvado seja Deus". Ali, enterrada sob a pedra fundamental, está a Bíblia Maçônica, a Palavra Perdida. Peter não nega, e aceita a lenda de que os Antigos Mistérios detêm uma "*chave*", uma "*senha*", o "*verbum significatium*" (391). Ele é simultaneamente a figura de Abraão, pronto para sacrificar seu filho, e um resignado Jó, que perdeu mãe, esposa e filho. É uma figura paterna mutilada e torturada de proporções bíblicas, e está também sem sua mão direita. Sofre indignidades mentais e físicas nas mãos de Mal'akh, mas, como Abraão, Peter é poupado de sacrificar seu filho com a faca da *Akedah*.

E, veja só, o número de telefone de Peter realmente funciona: 202-329-5746. O número está citado no texto, e os verdadeiros fãs de Dan Brown certamente percebem que ele não contém o prefixo 555 dos números de telefone fictícios, comum nos filmes americanos. Ligue e veja se consegue encontrar Peter em casa!

Katherine Solomon é a companhia feminina de Langdon em sua busca. Katherine, na tradição cristã, significa "pureza", mas tem suas origens no grego, sendo relacionada à palavra "catharsis", uma limpeza emocional. Ela tem 55 anos de idade e é cientista, pesquisadora e autora de *Ciência noética: portal moderno para o conhecimento antigo*. Seu livro não existe, mas traz à mente dois títulos: *The Secret Gateway: Modern Theosophy and the Ancient Wisdom Tradition* e *Ancient Wisdom and Modern Science* [O portal secreto: moderna teosofia e a tradição da sabedoria antiga]. Katherine pode ter correspondentes na vida real: Lynne McTaggart, de fato citada no romance por sua obra sobre *The Intention Experiment*, e Marilyn Schlitz, do Instituto de Ciência Noética da Califórnia. Katherine é mais do que uma companhia para Langdon; é ela que desvela a pirâmide de ouro, abrindo o pacote selado que seu irmão entregou a Robert. Isto, por sua vez, desencadeia a busca para decifrar as pistas sobre a Pirâmide Maçônica.

A mãe de Katherine e Peter, Isabel, aparece apenas brevemente, mas é a avó morta por Zachary em um patricídio extraviado. O nome significa "voto ou promessa de Deus". Isabel dá o tiro que mutila o intruso, que é na verdade seu neto. Ela é acidentalmente assassinada por ele e, se houvesse uma palavra específica em inglês para descrever o assassinato de uma avó, Brown certamente a teria usado. Não obstante, isso tem em sua estrutura todos os elementos de uma tragédia grega.

Links

THE KEY OF SOLOMON
www.esotericarchives.com/solomon/ksol.htm

4

Jogos de palavras

"*No início era a Palavra*" (469). Dan Brown adora os itálicos, mas não apresenta as marcas de citação que identificariam esta como um trecho do Evangelho de João 1:1, que continua: "e a Palavra estava com Deus, e a Palavra era Deus". *O Símbolo Perdido* é a Palavra Perdida e essa palavra é um símbolo. Brown e Langdon têm reverência e respeito pelas palavras. Todas as palavras podem potencialmente assumir uma importância especial nesse romance que se desenrola de maneira circular em torno d'A Palavra. O resultado é um circumponto, um círculo em torno de um ponto e símbolo da divindade. Um dos passatempos preferidos do autor é a descoberta da etimologia, ou o significado original, de uma palavra. Para os antigos, essa raiz, ετυμον (etumon), "sentido real", explica a crença de que, se conseguirmos encontrar a origem de uma palavra, o que ela significava quando foi pela primeira vez proferida, então seremos capazes de identificar seu real significado, mesmo que ele tenha sido "perdido" com o passar do tempo.

No livro, Langdon apresenta um comentário etimológico contínuo sobre várias palavras:

> Apoteose: "grego antigo: *apo* – 'tornar-se', *theos* – 'deus'. [...] *Apoteose* significa 'tornar-se Deus'?". (91)
>
> Gravata: "derivada de um bando de cruéis mercenários croatas que amarravam lenços em volta do pescoço antes de partir para a batalha". (17)
>
> Sacrifício: "*Sacra* – sagrado. *Face* – fazer". "Tornar-se sagrado." (283)
>
> Talismã: "Grego *telesma*, significando 'completude'". (173)

Os jogos de palavras e quebra-cabeças são frequentemente usados para conduzir ou desviar o inocente. Langdon, por fim, terá de rearranjar os 64 símbolos encontrados na Pirâmide Maçônica. Na terceira linha do quadrado de palavras com 64 blocos [ver a p. 411 do livro] aparece L Au S (pirâmide) D E (uróboro) – a serpente mordendo sua cauda que também se assemelha à letra O maiúscula. A linha pode ser interpretada de várias maneiras. Literalmente ou, para sermos mais precisos, graficamente, somos apresentados ao quadrado do pedreiro, a abreviação científica para ouro, a letra grega sigma utilizada em matemática para indicar "soma", a letra grega delta, usada em matemática para "mais ou menos", o símbolo alquímico do mercúrio e o uróboro. Mas há outro nível literal, os símbolos como letras que nós, leitores, quase nos esquecemos de ver. Porque, bem diante de nossos olhos, está a frase LAUS DEO, "Louvado seja Deus". O objetivo de toda a jornada é a revelação relacionada à Palavra Perdida.

Através de seus personagens, o autor tenta avisar o leitor: "A linguagem pode ser muito boa para esconder a verdade" (201). O romance contém inúmeros exemplos que poderiam assombrar escritores e leitores. O enigmático IIIX88S é na verdade SBBXIII, indicando uma sala 13 do segundo subsolo do prédio do Capitólio. Foi-nos informado em *O código Da Vinci* que ortografias incorretas do San Greal ou Santo Graal conduziram ao entendimento de que Sang Real significa sangue sagrado. Traduções erradas do Livro do Êxodo de São Jerônimo nos apresentaram um Moisés com "chifres". As letras podem ser substituídas por números. A gematria na Cabala atribuía valores numéricos às letras da Bíblia, buscando mensagens ainda não reveladas. Será pura coincidência que os títulos *The Solomon Key*, agora *The Lost Symbol*, contenham ambos treze letras?

Sempre professor, Langdon explica algumas palavras para seus alunos de Harvard e também para nós: "a palavra *oculto*, apesar de remeter a imagens de adoração ao demônio, na verdade significa 'escondido' ou 'velado'" (35). Cuidado com os trocadilhos! Langdon comenta que a ciência noética é "tudo grego para mim", e a palavra noética é mais tarde identificada como vindo da palavra grega "*nous*", "conhecimento interno", uma espécie de consciência intuitiva. Os leitores precisam saber latim para traduzir "Tempus fugit". Brown também espera que você use um bom dicionário para identificar seu "celacanto" e a "lula Architeuthis".

Esta é uma busca contínua. Até mesmo a sobrecapa dissimula letras e números que indicam um número de telefone da cidade de Nova York! Estou convencido de que mais coisas vão aparecer à medida que você for fazendo suas próprias associações e conexões. Não só a palavra estava no princípio, mas *O Símbolo Perdido* é o início de jogos de palavras que podem mostrar ainda mais segredos desvendados pelos verdadeiros crentes na busca desse Santo Graal do Esclarecimento.

Links

Dicionário etimológico *on-line*
www.etymonline.com

II

O Distrito de Colúmbia

Da Roma e da Cidade do Vaticano de *Anjos e demônios*, passando pela Paris de *O código Da Vinci*, Dan Brown nos traz para um *tour* por Washington, D.C. (Distrito de Colúmbia), capital dos Estados Unidos. Esta foi o tempo todo a intenção, como o próprio Brown revelou em uma entrevista. Muitos daqueles que anteciparam a obra começaram a redescobrir a arquitetura, os monumentos e os prédios públicos, além dos símbolos espalhados por toda a capital e pelo prédio do Capitólio, que aparece na capa do livro. (Até mesmo os norte-americanos às vezes confundem "capital", que vem da palavra latina "capitalis" e significa principal e, nesse caso, a sede do governo, e "Capitólio", do latim "Capitolium", o Templo de Júpiter em Roma na colina Capitolina.)

A maioria dos norte-americanos estará familiarizada com alguns desses lugares, embora poucos tenham visto e estado no Centro de Visitantes do Capitólio dos Estados Unidos, aberto apenas em 2008. O Centro dá acesso ao próprio Capitólio, onde os dois ramos do Congresso norte-

-americano, a Câmara dos Representantes e o Senado, realizam seu trabalho de legislatura. Embora os visitantes da cidade possivelmente não possam evitar a visão do Monumento a Washington, ainda que à distância, um número bem menor deles terá subido até seu magnífico deque de observação. Outros locais em Washington mencionados no romance podem ser menos familiares, pois Robert Langdon e Katherine Solomon correm de um lugar para outro. Eles escapam do subsolo do Capitólio através de passagens subterrâneas até a Biblioteca do Congresso (sim, elas existem). Há também um sistema de transporte que os senadores e os deputados usam para se dirigir a seus respectivos gabinetes, agora localizados em prédios separados. A Galeria de Arte Nacional, onde está exposta a gravura de Albert Dürer, é mencionada, mas Katherine e Robert, sem tempo a perder, vão usar um computador para acessar a imagem digital da obra. As pirâmides triangulares no pátio da Galeria nunca são citadas. O Jardim Botânico dos Estados Unidos, localizado a sudoeste do Capitólio, também faz uma aparição breve, mas a ação rapidamente passa para a Catedral Nacional, e depois para a Casa do Templo, na rua 16. O templo fica a poucas centenas de metros ao norte da Casa Branca, indiscutivelmente o prédio mais famoso de Washington, que serve de residência e gabinete ao presidente dos Estados Unidos. Finalmente, o livro nos leva de volta ao Monumento a Washington e depois ao Capitólio, completando um círculo através da cidade.

Katherine e Peter nunca saem do distrito para Virgínia, onde está localizado o quartel-general da Agência Central de Inteligência (CIA). Mas os agentes desta trabalham ativamente e a diretora de seu Escritório de Segurança aparece milagrosamente no Capitólio. A existência do Escritório é mencionada como um "Fato". Não é tudo tão secreto, pois uma oportunidade de emprego recente listada na Internet descrevia suas funções: "O Escritório de Segurança apoia a missão da CIA, proporcionando um programa de segurança abrangente e internacional que protege o pessoal, as informações, as instalações, os programas e atividades, e as competências técnicas da CIA".

O *website* de Brown apresenta *on-line* seu próprio "Guia do Leitor para Washington, D.C: Seguindo os passos de *O Símbolo Perdido*", que enfatiza o fato de que "A arquitetura é em si um personagem fundamental em *O Símbolo Perdido*, de Dan Brown".

Links

"UM GUIA DO LEITOR PARA WASHINGTON, D.C.", POR DAN BROWN
www.danbrown.com/html/novels/theLostSymbol/tour_dc.html

TOUR VIRTUAL PELA BIBLIOTECA DO CONGRESSO
myloc.gov/exhibitspaces/Pages/default.aspx

AGÊNCIA CENTRAL DE INTELIGÊNCIA

www.cia.gov

FOTOS EM FLICKR DO CENÁRIO DE D.C. DE *O SÍMBOLO PERDIDO*

www.flickr.com/photos/bom_mot/sets/72157622269892249

5

O projeto de L'Enfant

Por que a capital dos Estados Unidos é tão rica em história e símbolos maçônicos? Como uma cidade do Novo Mundo pôde ser planejada com castelos e criptas, obeliscos e templos? Os americanos aprendem que a cidade de Washington foi construída do nada, assim como a São Petersburgo russa de Pedro, o Grande. Em janeiro de 1791, George Washington escolheu a terra em Maryland que é atualmente o Distrito de Colúmbia e uma área menor do outro lado do rio Potomac, na Virgínia. No mesmo ano, Virgínia e Maryland (alguns a consideram uma oculta Terra da Virgem Maria) cederam oficialmente o território para a cidade. Em setembro de 1791, os novos comissários da cidade se reuniram com o secretário de Estado (e mais tarde presidente) Thomas Jefferson para escolher o nome da cidade. Não surpreendeu que a nova cidade recebesse o nome do homem que havia sido "o primeiro na guerra, o primeiro na paz e o primeiro nos corações de seus compatriotas". Pierre Charles L'Enfant, que foi responsável pela concepção e pelo projeto da cidade, primeiro sugeriu "Washingtonople", recordando explicitamente a glória da grande Constantinopla, mas essa escolha foi rejeitada. Os comissários também chamaram a praça de 16 quilômetros quadrados do Distrito Federal de "Colúmbia", um termo que soa latino, derivado de Cristóvão Colombo, representando a deusa da democracia.

Washington contratou Andrew Ellicott para inspecionar o distrito em fevereiro e encarregou L'Enfant de projetar a nova cidade. Washington se reunia e jantava frequentemente com outros, como também faziam seus comissários, no Suter's Fountain Inn, no cruzamento das ruas 31 e K em Georgetown. John Suter, Jr., proprietário do histórico Suter's Fountain Inn, era Guardião Sênior da Loja Maçônica nº 9 de Maryland, e a estalagem era o local de reunião da loja maçônica que tanto o presidente Washington quanto o marquês de LaFayete e o arquiteto L'Enfant frequentavam.

Em 15 de abril de 1791, Ellicott, o inspetor original e ele próprio maçom, lançou a pedra fundamental simbólica da cidade em Jones Point com o comissário Daniel Carrol, fazendo as tradicionais oferendas maçônicas de milho, vinho e óleo. Esse ritual maçônico do lançamento da pedra fundamental se tornaria uma tradição e um costume estabelecido para marcar a inauguração de locais e construções importantes na nova nação.

Os comissários instruíram L'Enfant para colocar números e letras em suas ruas, da maneira como ainda as conhecemos hoje. A cidade foi originalmente destinada a ser uma quadra de 16 quilômetros quadrados colocada como um diamante em um mapa demarcando a terra entre Maryland e Virgínia, com o rio Potomac cruzando a cidade. Ao contrário da maioria das cidades, a construção de Washington começou com um plano abrangente. A grade das ruas que se estendiam do norte para o sul eram numeradas e hoje são identificadas por quadrantes, como 14th Street N.W. (rua 14 quadrante noroeste). Aquelas ruas que se estendiam de leste para oeste traziam os nomes das letras do alfabeto, como K Street ou M Street. Todas elas são cortadas na diagonal por avenidas importantes que levam os nomes dos primeiros estados. Para acalmar aqueles que esperavam situar a capital do país na Filadélfia, uma das principais vias da cidade recebeu o nome de avenida Pensilvânia. Tudo isto fascina os estudantes de geografia e geometria, especialmente quando quadrados e círculos são adicionados à composição. Triângulos, quadrados, pentágonos em forma de estrela e hexágonos podem ser colocados sobre o mapa resultando em um mundo de sonho de arquitetos e entusiastas da conspiração. As formas emergentes continuam a fascinar estudiosos da conspiração e do ocultismo. A mais famosa delas é o pentagrama de cabeça para baixo que consta ser a marca do próprio Lúcifer na cidade. Mas Langdon (e

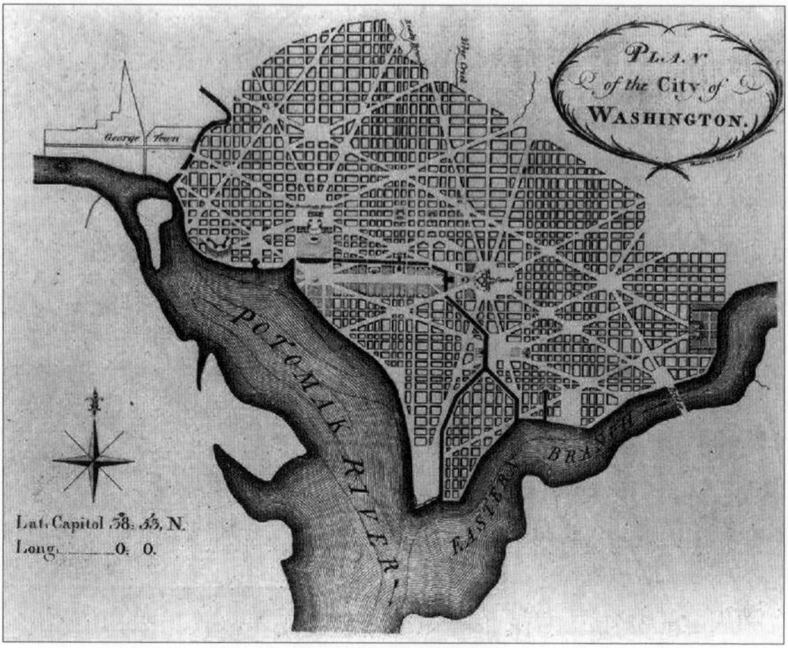

Projeto de L'Enfant.

Brown) sabiamente rejeitam essas alegações de qualquer plano ou projeto diabólico no mapa.

Entretanto, até mesmo o observador casual pode identificar a perfeição geométrica criada pelos principais pontos da cidade, que começam na Casa Branca e se dirigem ao sul até o Monumento a Washington. Do monumento, olhando para o leste do outro lado do Mall, pode-se ver o contorno majestoso do Capitólio dos Estados Unidos, e a cada quatro anos a parada da posse completa o triângulo quando o novo presidente se dirige para o noroeste ao longo da avenida Pensilvânia, do Capitólio para a Casa

Branca. É uma vergonha que, em 1836, o Edifício do Tesouro, projetado por um maçom, Robert Mills, que também foi o arquiteto do Monumento a Washington, passasse a bloquear o que anteriormente era uma visão livre entre essas duas sedes do poder.

O plano original de L'Enfant prescrevia três principais pontos focais: a Casa do Presidente (atualmente a Casa Branca), a sede do Congresso (o Capitólio) e um lugar para um monumento em homenagem a George Washington (local do Monumento a Washington). L'Enfant era um excelente arquiteto, mas não um político e/ou negociante muito esperto. Brigou com os proprietários de terra, e sua desconsideração pelas questões financeiras finalmente conduziram à sua derrocada. Ele tinha planos de ruas com 30 a 33 metros de largura e avenidas, como a Pensilvânia, com quase 50 metros de largura! Quando Washington o demitiu em janeiro de 1792, foi-lhe oferecida a quantia de $2.500 e um pedaço de terra próximo à Casa Branca, que ele recusou. Morreu amargurado e pobre em 1825. Só no século XX seus restos mortais receberam a honra de um enterro militar no cemitério de Arlington.

Links

PLANO ORIGINAL PARA WASHINGTON, D.C.
www.loc.gov/exhibits/treasures/tri001.html

RUAS E AVENIDAS DE WASHINGTON, D.C.
en.wikipedia.org/wiki/Streets_and_highways_of_Washington,_D.C.

O SÍMBOLO PERDIDO EM WASHINGTON, D.C
washington.org/visiting/experience-dc/the-lost-symbol

VÍDEO DE DAVID OVASON
www.youtube.com/watch?v=sXIYHjQJZ4Y

LÚCIFER EM D.C.
www.bibliotecapleyades.net/esp_tapestra11.htm

6

A nova Roma

"*O destino que se pretendia dar aos Estados Unidos se perdeu na história*" (89). Isto não parece muito diferente do título do livro de Manly P. Hall, *The Secret Destiny of America*. Não mais secreta do que o Escritório de Segurança da CIA, a história foi negligenciada ou esquecida pela maioria das pessoas. Langdon nos faz uma pequena preleção sobre a cidade e suas origens. Ele vai chamá-la de "as *verdadeiras* intenções dos pais fundadores da nação" (89). O inegável é o número notável de prédios e monumentos que captam a grandeza que um dia teve Roma. Washington foi construída sobre sete colinas como Roma, e também Jerusalém, Moscou e Istambul (a ex-Constantinopla). Langdon nos recorda que a área ocupada por Washington, D.C., teve como primeiro nome Roma. O rio Tibre de Roma deu nome ao Tiber Creek, que deságua no rio Potomac, próximo ao que é hoje o Jefferson Pier, o ponto planejado originalmente para uma estátua equestre de George Washington.

A geografia da cidade atendia perfeitamente à arquitetura e à arte que incorporam a alta estima de que a cultura romana desfrutava na nova democracia. Roma teve sua Constituição, como a tiveram os nascentes Estados Unidos em 1789, e um Senado com representantes do povo que faziam leis e equilibravam o poder do imperador. As estruturas políticas e o sistema legal norte-americanos foram moldados em parte nas antigas tradições romanas.

Washington tornou-se *de facto* uma nova Roma em virtude das múltiplas associações nela incorporadas por seus fundadores. Thomas Jefferson sugeriu o nome de

Capitólio dos Estados Unidos,
com o Monumento a Washington à esquerda.

som latino Colúmbia para significar liberdade para todos. O Templo de Júpiter, na colina Capitolina, deu o nome para o Capitólio. As largas avenidas e paisagens da cidade, assim como suas vistas abrangentes, lembram o Fórum romano. A arquitetura será comparada por Langdon aos antigos panteões, templos e o gigantesco obelisco. No centro geográfico da cidade está o Capitólio, que abriga mais de cem estátuas, e cujas paredes e tetos são ornados com afrescos e pinturas em uma escala reservada às catedrais e ao Vaticano. As colunas clássicas do Capitólio e a Rotunda semelhante à do Panteão, que Langdon compara ao Templo de Vesta, evocam Roma. Havia também a Cripta do Capitólio, destinada a guardar os restos mortais de George Washington, que, segundo Peter, se assemelha à cripta da Basílica de São Pedro. A cidade de Washington nunca pretendeu competir com Roma em grandeza, mas pretendeu ser sua emulação do outro lado do Atlântico. Em uma reflexão que nos recorda Roma e a principal obra artística de *Anjos e demônios*, no interior do Grande Saguão da Biblioteca do Congresso, "Langdon se pergunta o que Bernini teria achado daquilo" (187).

Links

CHAVES PARA *ANJOS E DEMÔNIOS*
keysangelsdemons.wetpaint.com

VÍDEO DA BIBLIOTECA DO CONGRESSO EM WASHINGTON, D.C.

www.youtube.com/watch?v=wKsX_0WWII0&feature=related

7

O Triângulo

O plano mestre de L'Enfant para o Triângulo Federal sobreviveu e durou até os dias de hoje. Ele propôs um grande triângulo que conectasse a Casa Branca com o Capitólio e depois de volta a uma maravilhosa estátua de George Washington, substituída pelo Monumento a Washington. O plano e esse triângulo em miniatura estão reproduzidos em pedra no chão da Freedom Plaza, onde Katherine e Robert deixam seu táxi para entrar na estação do metrô. Localizada na 14th Street NW com a avenida Pensilvânia, a pedra fundamental da praça, coincidentemente, contém uma cópia da Bíblia.

Assim como maçons tão destacados quanto Washington e Ellicott estiveram envolvidos na fundação e no planejamento da cidade, também um maçom desempenhou um papel importante na criação da Casa do Presidente, oficialmente chamada pela primeira vez de Casa Branca pelo presidente Theodore Roosevelt em 1901. O capitão James Hoban, arquiteto imigrante irlandês, que venceu o concurso e ganhou um prêmio de $500, foi a Washington em junho de 1792, por solicitação do presidente Washington, para projetar e construir a Mansão Executiva. Hoban era um maçom de Georgetown e mais tarde se tornaria Grão-Mestre da Loja Federal nº 15, dentro do Distrito.

A pedra fundamental da Casa Branca foi lançada em 13 de outubro de 1792, em uma cerimônia maçônica que contava com a presença de George Washington, o comissário Daniel Carroll, o arquiteto James Hoban e o Mestre Maçom Collen Williamson, da Loja nº 9 de Georgetown. Seus nomes aparecem na placa de bronze colocada sob a pedra. A Casa Branca está localizada na extremidade noroeste do triângulo, na avenida Pensilvânia, 1.600, assim chamada devido ao papel fundamental que a cidade de Filadélfia, capital daquele estado, desempenhou na Revolução Americana e por ter sido o local da assinatura da Declaração de Independência. À medida que se continua ao longo da hipotenusa do triângulo retângulo na direção leste – o maçônico tradicional se move de oeste para leste – contempla-se o Capitólio, ainda o prédio mais imponente de Washington, D.C.

Em 18 de setembro de 1793, os maçons se reuniram na Lafayette Square, bem ao norte da Casa Branca. Junto com o presidente George Washington, eles prosseguiram para o local onde hoje está localizado o Capitólio. Thomas Jefferson mudou o nome Casa do Congresso, proposto por L'Enfant, para evocar o Capitólio de Roma. O projeto original foi do dr. William Thornton, que iria se tornar o primeiro Arquiteto do Capitólio. Mas o plano final representava um compromisso entre Hoban e Stephen Hallet. Washington ficou tão satisfeito com a reunião para o lançamento da pedra fundamental da Casa do Presidente um ano antes que liderou a marcha comemorativa do início da construção do prédio, que foi uma procissão maçônica extremamente divulgada. No local do Capitólio, o próprio Washington presidiu a instalação da pedra fundamental. Inscritos na placa de prata colocada sobre a pedra fundamental original estavam os nomes de dois membros da Loja Federal, James M. Hoban, arquiteto e superintendente, e Collen Williamson, mestre construtor. Essa pedra fundamental também datava a colocação da pedra no ano 5793 da maçonaria. (Os maçons datam de 4.000 anos antes de Cristo, A.L. "Anno Lucis", ano da luz.) O evento é comemorado em várias descrições artísticas, com Washington lançando a pedra fundamental. Langdon vai se referir a uma delas, de autoria de Allyn Cox, localizada nos Corredores Cox do Capitólio, no lado da Casa dos Representantes, que tinham como propósito complementar os Corredores Brumidi do Senado. O pequeno martelo que George Washington usou foi forjado à mão por John Duffy, artesão de prata e companheiro maçom, e feito do mesmo mármore usado no interior do prédio do Capitólio. O presidente Washington deu o martelo de presente ao Mestre da Loja nº 9 de Maryland. Esse martelo iria reaparecer em muitas cerimônias na história dos Estados Unidos. Estava no lançamento da pedra fundamental do Monumento a Washington em 1848. Pelo menos dez presidentes o utilizaram ou estavam presentes durante o uso do martelo, incluindo Theodore Roosevelt, Herbert Hoover, Harry Truman e Dwight Eisenhower. Desde 1922, o martelo está guardado em uma caixa construída especialmente para ele em um cofre-forte subterrâneo do Riggs National Bank, em Washington. A colher de pedreiro de prata que Washington usou no Capitólio foi feita especialmente para a ocasião pelo mesmo John Duffy, de Alexandria. Washington presenteou a colher ao Mestre da Loja de Alexandria nº 22. Ela também foi usada pela Loja Alexandria-Washington nº 22 para muitas cerimônias de lançamento de pedra fundamental. Atualmente, está exposta ao público

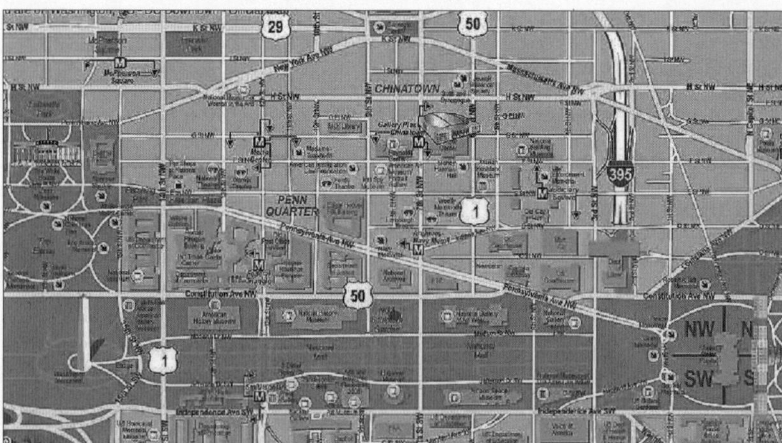

Mapa do triângulo de Washington, D.C.

em uma caixa especial no Memorial Maçônico a George Washington em Alexandria, na Virgínia.

O prédio do Capitólio, mesmo em grande parte ainda inacabado, foi pela primeira vez ocupado pelo Congresso e pela Suprema Corte em 1800. O Centro de Visitantes em que Langdon entra só foi aberto em 2008. Ele prossegue para o Salão das Estátuas, onde sua atenção é também atraída para a Rotunda e para o afresco de Brumidi no teto. O domo foi refeito durante as reformas que ocorreram na década de 1850 e nos anos que se seguiram, um pouco prejudicadas pela Guerra Civil Americana, em que os campos de batalha chegaram perto da capital, localizada na linha divisória entre os estados do Norte e do Sul. A Rotunda é a grande e imponente sala circular de 30 metros de diâmetro por 55 metros de altura. Ela conecta os lados da Câmara dos Representantes e do Senado, permitindo a passagem entre os dois, sendo visitada todos os dias por milhares de pessoas.

O ponto final do triângulo, o memorial ao presidente Washington previsto por L'Enfant, nunca foi construído. A terra no ponto destinado não suportaria a estrutura planejada e, por isso, o Monumento a Washington está hoje ligeiramente deslocado do triângulo perfeito original criado com a Casa Branca e o Capitólio. Mesmo assim, uma visão aérea (ver Google Earth) revela a estrutura triangular com o magnífico National Mall limitado dos dois lados pelo Instituto Smithsonian e também pelo Arquivo Nacional e a

Galeria de Arte Nacional, ambos com frente para a avenida Pensilvânia.

Links

FREEDOM PLAZA
en.wikipedia.org/wiki/Freedom_Plaza

O ARQUITETO DO CAPITÓLIO
www.aoc.gov

MAPA DO COMPLEXO DO CAPITÓLIO
www.visitthecapitol.gov/Visit/Capitol%20Complex%20Map

SALÃO DAS ESTÁTUAS
clerk.house.gov/art_history/art_artifacts/virtual_tours/statuary_hall/index.html

PLANTAS BAIXAS DO CAPITÓLIO
xroads.virginia.edu/~CAP/FLOOR/cap_maps.html

8

Catedral Nacional de Washington

"*Um refúgio contendo 10 pedras do monte Sinai, uma do próprio céu e outra com o semblante do pai obscuro de Luke*" (291). Robert e Katherine viajaram pela Linha Vermelha do Metrô, e você pode fazê-lo, até a parada Tenley-AU no caminho para a Catedral Nacional de Washington. Seu nome oficial é Catedral de São Pedro e São Paulo, localizada no cruzamento das avenidas Massachusetts e Wisconsin. Era evidente que a nova nação sob a proteção de Deus teria uma igreja. O projeto original de Pierre L'Enfant para a cidade destinava um local no cruzamento das ruas 8 e F, NW, para uma "grande igreja para propósitos nacionais". Mas esta nunca foi construída e atualmente se localiza ali a Galeria Nacional de Retratos dos Museus Smithsonian. Mais de cem anos depois, o Congresso aprovou a construção de uma catedral no monte Saint Alban, uma das sete colinas da cidade. Um inglês, Frederick Bodley, foi escolhido como seu principal arquiteto. O presidente Theodore Roosevelt, um maçom, estava presente para o lançamento de sua pedra fundamental em 29 de setembro de 1907. Embora a Catedral ainda estivesse inacabada, foi inaugurada em 1912. Só foi terminada em 1990, quando o presidente George H. W. Bush, no mesmo dia, 29 de setembro, compareceu ao local para a colocação da simbólica última peça, o finial (a ponta final de um frontão ou de uma torre – o complemento da pedra fundamental). Esse arremate superior da Catedral também traz à mente o princípio hermético "Assim em cima como embaixo", que foi pronunciado no livro e encontrou seu caminho para os dois pergaminhos nas costas da sobrecapa da edição norte-americana.

Langdon faz sua própria conferência para Katherine, comentando que as dez pedras simbolizam os Dez Mandamentos entregues a Moisés no monte Sinai. A "pedra do próprio céu" se refere a um fragmento de pedra lunar, trazido da Lua pelos astronautas da Apolo 11, incrustado no vitral que se chama Janela Espacial. Há uma conexão maçônica pouco conhecida com a Lua. Os dois primeiros homens a pisar na Lua, Buzz Aldrin e Neil Armstrong, aparentemente realizaram uma cerimônia de "comunhão", "33" minutos depois de pousarem na Lua. Aldrin carregava de um lado para o outro uma bandeira maçônica que ele presenteou à Casa do Templo e que agora está no Museu da Biblioteca. O "*semblante do pai obscuro de Luke*" não se refere ao Lucas dos Evangelhos, mas a Luke Skywalker de *Star Wars*. O vencedor do terceiro lugar do concurso para crianças para a criação de esculturas decorativas para a Catedral foi Christopher Rader, e seu desenho de Darth Vader, esculpido por Jay Hall Carpenter, está localizado no alto da torre noroeste da Catedral. Ela é apenas uma das 112 gárgulas da Catedral. Um *tour* especial pelas gárgulas pode ser marcado para os curiosos.

As gárgulas são apenas uma parte dessa estrutura neogótica que lembra a Catedral de Notre-Dame de Paris e,

Catedral Nacional de Washington.

sendo a sexta maior catedral do mundo, a Catedral Nacional convida a comparações com a maior do mundo, a Basílica de São Pedro em Roma. O alto da Torre Gloria in Excelsis é o ponto mais alto de Washington, e a Catedral oferece belas vistas da cidade a partir de sua torre de observação. E uma escada com 333 degraus leva ao campanário na grande torre central.

Essa é uma catedral da Igreja Episcopal, sob a liderança de um decano, o reverendo Samuel T. Lloyd III, que foi investido como nono decano da Catedral Nacional de Washington em 23 de abril de 2005. No romance, o decano é o reverendo Colin Galloway, um maçom. Ele vai indicar a Langdon que a Pirâmide Maçônica de ouro que Peter Solomon lhe entregou é um mapa. O decano também faz uma conexão explícita entre os reinos científico e espiritual, citando Einstein em apoio ao místico, e advertindo Robert de que "O senhor ainda não tem olhos para ver" (304), ecoando Marcos 8:18: "Tendo olhos, não vedes?".

A Catedral desempenhou um papel fundamental na história e no poder de Washington, e essa história está repetidas vezes interligada com a participação dos maçons. Quatro presidentes norte-americanos tiveram seus serviços fúnebres ali realizados: Woodrow Wilson, ex-reitor da Universidade de Princeton, também está enterrado ali; Dwight Eisenhower; Ronald Reagan; e Gerald Ford, um maçom. Um serviço fúnebre foi ali realizado para o presidente Harry Truman, também maçom. Em 1937, o presidente Franklin D. Roosevelt, um maçom, instituiu um serviço religioso no dia seguinte à posse. Ronald Reagan em 1985, George H. W. Bush em 1989, George W. Bush em 2001 e 2005, e Barack Obama em 2009, continuaram essa tradição.

Links

VÍDEO DA CATEDRAL NACIONAL
media.cathedral.org/DeanOnCBS.wmv

UMA VISÃO GERAL DA CATEDRAL
www.nps.gov/nr/travel/wash/dc5.htm

A CATEDRAL NACIONAL
www.nationalcathedral.org

UM *TOUR* VIRTUAL PELA CATEDRAL NACIONAL
www.nationalcathedral.org/visit/onlineTours.shtml

SHOW DE *SLIDES* DA CATEDRAL NACIONAL
www.youtube.com/watch?v=xkHJZVefxrM

9

A Casa do Templo

O Templo do Conselho Supremo do 33º e Último Grau do Rito Escocês Antigo e Aceito

"*Existe um mundo escondido por trás do que todos nós vemos*" (445). O livro começa no "edifício colossal, situado no número 1.733 da rua 16 Noroeste [...] uma réplica de um templo pré-cristão". O iniciado está sendo conduzido através de um ritual maçônico na magnífica Sala do Templo. A descrição da arquitetura e do mobiliário é totalmente factual, desde as esfinges que guardam as portas do lado de fora até a Sala do Templo perfeitamente quadrada com um trono de dez metros de altura e antigos símbolos alquímicos, astronômicos, egípcios e hebraicos. A clarabóia no teto lança luz sobre um altar de mármore belga preto, e sobre aquela mesa o sacrifício de Mal'akh, em uma paródia cruel do sacrifício de Abraão, será reencenado.

Esse prédio permanecia estranhamente oculto dos visitantes de Washington, a menos que fossem maçons. Com a publicação do livro de Dan Brown, certamente vai passar a atrair a atenção das pessoas. Mas nem o edifício nem seu interior têm sido mantidos deliberadamente secretos. Muito ao contrário. O Templo tem sempre recebido bem seus visitantes e, para aqueles impossibilitados de ir a Washington, há um maravilhoso *tour* virtual na Internet. O *website* oferece uma visão de seu interior e de fotografias coloridas desse relicário da herança maçônica da América, de onde vem a maioria das informações que se seguem.

Esse templo maçônico é o quartel-general do Rito Escocês Antigo e Aceito da maçonaria, também chamado de Conselho Supremo, Grau 33, Jurisdição Sul. O templo foi projetado por um não maçom, John Russell Pope, o qual foi também o arquiteto que projetou o Memorial de Jefferson, o Arquivo Nacional e o principal prédio da Galeria de Arte Nacional. O Templo foi inspirado pelo Mausoléu em Halicarnasso, uma das Sete Maravilhas do Mundo Antigo, chamada por Brown de "o primeiro mausoléu" (11). O maçom Elliot Woods, que ajudou a projetar os prédios da Câmara dos Representantes e do Senado, adicionou toques maçônicos ao projeto do Templo. Em 1902, ele foi nomeado "Superintendente do Edifício e dos Jardins do Capitólio" pelo presidente Theodore Roosevelt, um maçom. Em 1921, Woods foi homenageado com o título de

"Arquiteto do Capitólio". A pedra fundamental do Templo foi lançada em 18 de outubro de 1911, e o prédio foi concluído em 1915.

Os degraus que conduzem à porta de bronze se elevam em grupos de três, cinco, sete e nove. Duas pesadas esfinges de calcário guardam a entrada. A que fica à direita da porta (com os olhos semifechados) é um símbolo da Sabedoria. A que fica à esquerda (com seus olhos abertos e alertas) é um símbolo do Poder. Sobre as altas portas de bronze, escavada na pedra, está a declaração: "A Franco-maçonaria Constrói Seus Templos nos Corações dos Homens e Entre as Nações". O nome "Casa do Templo" é tradicionalmente associado à palavra *Heredom*, a chave que conduz Langdon até ali para salvar Peter Solomon. Esta é uma palavra importante na maçonaria. Provavelmente vem das palavras gregas *hieros-domos*, significando "Casa Sagrada", que se refere ao Templo de Salomão, tão fundamental para o ritual e o simbolismo maçônicos. A palavra é também encontrada nos rituais rosa-cruzes franceses, nos quais se refere a uma montanha mítica na Escócia, o local lendário da primeira divisão rosacruciana.

O Templo tem 33 colunas cercando o prédio e cada uma delas tem 10 metros de altura. O endereço do prédio também contém o número 33. O grau mais elevado do Rito Escocês é o 33 e o brasão do Rito Escocês aparece com destaque na sobrecapa da edição norte-americana de *O Símbolo Perdido*. O prédio de três andares contém

A Casa do Templo em Washington, D.C.

a primeira biblioteca aberta ao público em Washington. Essa coleção da biblioteca abriga o primeiro livro maçônico impresso na América por Benjamin Franklin, e a Bíblia usada no funeral de George Washington.

O mobiliário da Sala do Templo é feito de imbuia russa, o chão é de mosaico de mármore polido – dezenas de milhares de minúsculos cubos colocados à mão. As janelas funcionam como outro símbolo da busca progressiva por mais luz. Coroando o centro da janela está a Águia de Duas Cabeças, símbolo do Rito. A busca maçônica pela Luz do Conhecimento está inscrita ao longo das paredes: "DA ESCURIDÃO EXTERNA DA IGNORÂNCIA ATRA-

VÉS DAS SOMBRAS DA NOSSA VIDA TERRENA, SAI O BELO CAMINHO DA INICIAÇÃO NA DIREÇÃO DA LUZ DIVINA DO ALTAR SAGRADO".

A clarabóia é um vasto domo poligonal, o olho; ela se destina a ser um símbolo da abóbada celeste. O domo atinge quase 30 metros (isso são 33 jardas?) acima do altar, inundando de luz a Sala do Templo. A luz do helicóptero vai brilhar e as vibrações dele enviarão o vidro da clarabóia diretamente sobre Zachary, estendido no altar ao centro da sala que traz a inscrição em hebraico do Gênesis 1:3: "E DISSE DEUS: HAJA LUZ. E HOUVE LUZ". O altar que contém a Bíblia e livros sagrados de outras tradições religiosas tem inscrito em torno dele: "DA LUZ DA PALAVRA DIVINA, O LOGOS, VEM A SABEDORIA DA VIDA". Esta é, evidentemente, a mensagem fundamental do romance: o Símbolo Perdido é a Palavra Perdida, o Logos Divino, inscrito na Bíblia e em outros escritos sagrados.

Links

O CONSELHO SUPREMO DO RITO ESCOCÊS ANTIGO E ACEITO, JURISDIÇÃO SUL, ESTADOS UNIDOS DA AMÉRICA
www.scottishrite.org

UM *TOUR* VIRTUAL
www.scottishrite.org/visitors/vtour.html

OS FRANCO-MAÇONS EM WASHINGTON

www.usnews.com/listings/freemasonry-in-washington/1-
-house-of-the-temple

A BUSCA DE *O SÍMBOLO PERDIDO*, DE DAN BROWN: PISTA Nº 3 *NBC TODAY SHOW*

allday.msnbc.msn.com/archive/2009/09/10/2062910.aspx

10

O Monumento a Washington

O terceiro ponto no triângulo previsto por L'Enfant na criação da cidade foi reservado para um monumento a Washington. Esse memorial foi considerado pela primeira vez pelo Congresso Continental já em 1783, e estava destinado a ser uma estátua do primeiro presidente montado a cavalo. Somente em 1833 foi organizada a Sociedade do Monumento Nacional a Washington, e apenas em 1847 conseguiram-se recursos substanciais de contribuições privadas para iniciar sua construção. O projeto vencedor foi apresentado pelo maçom Robert Mills para um obelisco com 183 metros de altura partindo de uma colunata circular medindo 30 metros de altura e 76 metros de diâmetro. O tamanho imenso obrigou uma pequena alteração no local de sua instalação. Consequentemente, o monumento não está em linha reta com a Casa Branca, como era originalmente previsto. O Jefferson Pier, a cerca de 120 metros a oeste do Monumento, marca o ponto original que teria completado o triângulo retângulo.

O Monumento a Washington deveria ser um Panteão americano, um local para abrigar estátuas de presidentes e heróis nacionais, com uma estátua colossal de George Washington. À medida que a construção progredia, o projeto original foi significativamente modificado. A pedra fundamental foi lançada em 4 de julho de 1848, mais uma vez com elaboradas cerimônias maçônicas e com a presença do presidente James Polk, ele próprio maçom, utilizando a colher de pedreiro e o avental que George Washington usou ao lançar a pedra fundamental do Capitólio em 1793. A escassez de recursos e depois a Guerra Civil Americana provocaram a paralisação da construção. Somente em 1876 o Congresso decidiu terminar o monumento, segundo o novo projeto de George Perkins Marsh, que havia estudado e feito esboços dos obeliscos do Egito antigo e indicou que as alturas dos mais conhecidos obeliscos eram quase precisamente dez vezes as dimensões da base. Como a escavação vertical do monumento reprojetado tinha uma base de 16 metros quadrados, o Monumento a Washington deveria elevar-se a uma altura de cerca de 169,7 metros (não os 182,8 metros do projeto de Mills). Um dos notáveis feitos de engenharia do Monumento a Washington é a base piramidal de 16 metros, que contém 13 camadas de mármore, comemorando as 13 colônias originais. Essa é a forma de pirâmide que completa o obelisco clássico. Essa pirâmide inacabada é encimada por outra, a pedra superior, que pesa 3.300 libras (1.500

quilos) (observe o número maçônico 33). Uma terceira pirâmide, a ponta, se apoia na pedra superior, que por sua vez se apoia na base piramidal.

A ponta foi finalmente colocada em 6 de dezembro de 1884. A ponta da pedra superior é uma ponta de alumínio que pesa 100 onças (2,85 quilos) e mede 14 cm de cada lado e 22 cm de altura, destinada a ser um para-raios. Na época era a maior peça única de alumínio jamais fundida. Originalmente orçada em $75, a ponta atualmente custa $225. A ponta é gravada em seus quatro lados. "Laus Deo" (Deus seja louvado) está inscrito na face leste da ponta da pedra. Os outros lados comemoram datas e indivíduos importantes. Langdon provavelmente não pôde ver a ponta de alumínio real, mas há uma réplica feita em 1984 pelo fabricante original que está atualmente em exposição na base do monumento.

Robert Langdon tem os olhos vendados por Peter Solomon e é levado a ter a experiência do Símbolo Perdido e da Palavra Perdida. No interior do monumento há 897 degraus e 50 patamares, mas a subida até a plataforma de observação que proporciona vistas em todas as quatro direções é realizada por elevador. Isto tudo é muito misterioso e repleto de suspense, e naturalmente o monumento está fechado à noite para os visitantes. Mas as maravilhas que Robert Langdon contempla podem ser desfrutadas por qualquer um! O Monumento a Washington está aberto diariamente, exceto no dia 25 de dezembro, das 9h da manhã às 10h da noite de abril a agosto, e até as 5 da tarde de setembro a março. A entrada é gratuita, mas são necessários ingressos. É possível fazer reservas por uma pequena quantia.

Quando foi terminado em 1884, o Monumento tornou-se a estrutura mais alta do mundo, superando a Catedral de Colônia, na Alemanha. Em 1889, foi superado pelos 324 metros da Torre Eiffel. Que eu saiba, a pedra fundamental original com uma cópia da Bíblia não foi revelada ou descoberta até hoje.

Links

O MONUMENTO A WASHINGTON
www.nps.gov/nr/travel/wash/dc72.htm

"A FABRICAÇÃO DA PONTA" POR GEORGE J. BINCZEWSKI
www.tms.org/pubs/journals/jom/9511/binczewski-9511.html

AS GRAVAÇÕES NA PONTA DO MONUMENTO
www.snopes.com/politics/religion/monument.asp

ARTIGO DE GARY T. SCOTT SOBRE O PAPEL DA MAÇONARIA NO MONUMENTO
srjarchives.tripod.com/1997-06/Scott.htm

RÉPLICA DA PONTA FEITA PARA A TIFFANY'S
farm4.static.flickr.com/3195/2296929886_942b89bbe8.jpg?v=0

O Monumento a Washington.

III

Arte e arquitetura

A arte e a arquitetura têm sido os esteios das aventuras de Robert Langdon. Isto de certa forma se deve ao fato de a esposa de Dan Brown, Blythe (a quem todos os seus livros são dedicados), ser uma historiadora de arte cujo trabalho como pesquisadora e colaboradora foi observado durante o processo de Londres. Em *Anjos e demônios*, a arte de Gian Lorenzo Bernini (1598-1680) e os obeliscos presentes por toda Roma, incluindo um na Praça de São Pedro, são fundamentais para o caminho que Langdon precisa seguir em busca de Hassassin. *O código Da Vinci* começa no Museu do Louvre, em Paris, e *O Homem Vitruviano*, *A Mona Lisa* e *A Última Ceia*, todos de Leonardo, proporcionam pistas importantes para o segredo revelado no final. Em *O Símbolo Perdido*, Brown mais uma vez destaca a arte e a arquitetura. Os livros de Brown cativam os leitores em parte devido a seu uso de imagens familiares que nos obrigam a realizar um reexame, uma técnica chamada pelos críticos formalistas russos de "desfamiliarização". Dessa vez, é o domo do

Capitólio e o magnífico afresco de Constantino Brumidi, *A apoteose de Washington*. Robert Langdon apresenta seu próprio comentário contínuo sobre a pintura do teto do domo, mas, como veremos, ele contém mistérios muito maiores. Mal'akh tem uma entrada secreta para sua prisão no subsolo oculta por um quadro chamado *As Três Graças*. O quadro é mencionado com tanta frequência que ele também deve conter alguma pista para o projeto maldoso de seu dono. Uma das primeiras pistas na missão de encontrar o Símbolo Perdido é uma imagem gráfica de 1514 d.C. que conduz Langdon ao artista Albrecht Dürer e à sua ainda mais famosa gravura *Melencolia I*. Katherine Solomon declara que eles não têm tempo para examinar a gravura original e por isso recorre ao catálogo *on-line* de imagens digitais na Biblioteca do Congresso. Você também pode encontrar o quadrado secreto e examinar em maior profundidade o simbolismo dessa enigmática gravura.

Assim como acontece com a arte, também acontece com a arquitetura. O Capitólio dos Estados Unidos, como já foi notado, está repleto de simbolismos que o conectam a Roma e até mesmo ao Templo de Salomão. Finalmente, há o obelisco encimado por uma pirâmide que Langdon sobrevoa quando chega a Washington. Esse obelisco não identificado de 169 metros de altura, "*o obelisco egípcio dos Estados Unidos*" (22) é aquele que a maioria dos americanos imediatamente reconhecerá como o Monumento a Washington. Outras obras de arte e arquitetura são mencionadas, mas mal há tempo no romance para nos maravilharmos diante delas, como a pintura de John White Alexander, *A evolução do livro*, e a Sala de Leitura da Biblioteca do Congresso, "a sala mais bonita de Washington [...] *Talvez do mundo inteiro*" (188).

Links

ATRAVÉS DA LENTE: AS MARAVILHAS DO JEFFERSON BUILDING
www.loc.gov/loc/lcib/0712/jeffbldg.html

11

A apoteose de George Washington

Quando fala à diretora do Escritório de Segurança da CIA sobre os segredos ocultos do Capitólio dos Estados Unidos, Langdon dá uma aula de filologia e história da arte. Ele define "*apoteose* como 'transformação divina': o homem que se torna deus", e então aponta para sua representação no afresco do teto da Rotunda, *A apoteose de Washington* (91). Langdon prossegue fazendo uma descrição e interpretação verbal que dificilmente pode fazer justiça a essa obra-prima de 1865 de Constantino Brumidi. A mais bela fonte de informação isolada sobre a vida e as obras do artista, com ilustrações espetaculares, é de autoria de Barbara Wolanin, curadora do Capitólio, disponível no *link* que está no final deste capítulo. No que talvez seja a mais fortuita das coincidências, William Henry e Mark Gray publicaram, em 2009, *Freedom's Gate: The Lost Symbols in the U.S. Capitol*, cuja versão em CD contém fotos coloridas de altíssima qualidade para um exame mais detalhado.

Brumidi (1805-1880) nasceu e estudou em Roma e realizou pinturas no Vaticano e em palácios romanos antes de ir para os Estados Unidos em 1852. Morreu em Washington, D.C. Brumidi é autor de várias obras expostas no Capitólio, mas sua obra-prima é, sem dúvida, *A apoteose*. No grupo central do afresco, George Washington está ascendendo ao céu em glória, flanqueado por figuras femininas que representam a Liberdade e a Vitória ou Fama. Elas, por sua vez, estão cercadas por 13 virgens, que representam os 13 estados iniciais. Nos desenhos originais para a pintura, havia 33 virgens. No segundo esboço havia 13 virgens, mas 33 estrelas. A pintura, segundo Henry e Gray, está repleta de imagens maçônicas e alquímicas.

Uma pista para a pintura é a palavra "apoteose" (αποθεόω), que, para os gregos antigos, significava "deificar", elevar uma pessoa à categoria de um deus, ou a exaltação de um sujeito ao nível do divino. O conceito de "Transformação" é fundamental para o romance e para a lenda maçônica que prevê a ilustração do indivíduo e, finalmente, sua aceitação da morte do corpo material, mas vida para o espírito. A deificação de Washington começou em uma pintura anterior, de autoria de John James Barralat, *The Apotheosis of George Washington*, em 1802. Aqui Washington é erguido da tumba, escoltado por anjos. O tema da apoteose também havia sido aplicado em *A apoteose da monarquia espanhola,* de Giovanni Tiepolo, datada de 1762-1770. Em 1841, uma enorme escultura de doze toneladas de George Washington sentado em um trono como Júpiter foi colocada na Rotunda. A escultura foi realizada por Horatio Greenough (que estudou na Phillips Academy, que compete com a Phillips Exeter, e mais tarde em Harvard e em Roma). Brown menciona a escultura, que desagradou alguns devido à apresentação de Washington de peito nu, e o fato de ela ter sido transferida dois anos depois para outra parte do Capitólio. Finalmente, foi colocada no Museu Smithsonian de História Americana, onde ainda pode ser vista. Como a diretora Sato, você pode procurar no Google a expressão "George Washington Zeus", se desejar uma apresentação preliminar e uma aula de história.

O próprio conceito de que o homem pode se tornar um deus é um princípio central do pensamento deísta. Os deístas acreditam em um Ser Supremo, mas supõem que Ele não está mais envolvido com Sua criação. A nova República americana e seu primeiro líder são mostrados a caminho do céu, ascendendo a partir do centro do Capitólio da nação e da cidade que é sua capital, através do domo que está acima da Rotunda. Washington e nós devemos subir novamente e ascender numa imitação da ressurreição e ascensão de Jesus Cristo. Ironicamente, George Washington, que em sua vida evitou as tentativas de ser transformado em rei e recusou um terceiro mandato na presidência, provavelmente teria ficado constrangido por essa glorificação e deificação após sua morte.

O afresco está a 55 metros do chão e mede 1.420 metros quadrados. As figuras chegam a ter 4,6 metros e podem facilmente ser vistas por aqueles que estão de pé sob a Rotunda e erguem o olhar para a cúpula. Aqueles que visitaram a Capela Sistina em Roma e admiraram as pinturas em seu teto vão rapidamente entender por que Brumidi é conhecido carinhosamente como o "Michelangelo do Capitólio". Mas a pintura não deve menos à obra de Rafael, em especial à sua *A disputa do sacramento* (*Disputa*), que está no Palácio do Vaticano. (Os leitores podem se lembrar que a Tumba de Rafael no Panteão de Roma é o ponto de partida para as aventuras de Langdon em *Anjos e demônios*.) A própria *A apoteose*, juntamente com outras obras de Brumidi, incluindo os espetaculares Corredores Brumidi na Ala do Senado do Capitólio, dão amplas evidências dessa influência.

Langdon descreve os elementos da pintura que considera fundamentais: deuses e deusas da Antiguidade participando da história americana. A deusa Minerva aparece com Benjamin Franklin, Robert Fulton – inventor do barco a vapor – e Samuel Morse, inventor do telégrafo e que estudou filosofia religiosa em Yale. Netuno, deus do mar, ajuda a colocar o cabo transatlântico iniciado em 1857 para a comunicação telegráfica. Ceres, deusa da agricultura, está sentada sobre o segador mecânico inventado por Cyrus McCormick em 1831 (cuja roda consta se assemelhar a uma cruz templária). Outras cenas não mencio-

A apoteose de George Washington.

nadas no romance incluem Mercúrio, deus do comércio; Vulcão, colocado diante de uma máquina a vapor; e a Liberdade, pisando nos tiranos.

Brumidi também faria grande parte do trabalho que aparece na Sala de Recepção do Senado, atualmente usada como escritório do vice-presidente, porque o vice-presidente dos Estados Unidos atua como presidente do Senado norte-americano. Brumidi falaria com carinho sobre sua nova terra, a América: "Minha única ambição e minhas orações diárias são para que eu possa viver tempo suficiente para embelezar o Capitólio do único país na terra em que há liberdade". Ele foi apenas um dos imigrantes que compuseram a estrutura dos Estados Unidos da América e reflete o lema que Langdon recorda na pintura no final do livro. A frase latina encontrada na bandeira que está em frente à figura de Washington diz: "E PLURIBUS UNUM" (*De muitos, um só*) (485).

Links

BARBARA WOLANIN, CONSTANTINO BRUMIDI, ARTISTA DO CAPITÓLIO
www.gpo.gov/congress/senate/brumidi

VISÃO GERAL DA *APOTEOSE*
www.aoc.gov/cc/art/rotunda/apotheosis/Overview.cfm

12

As Três Graças

Quando Katherine Solomon visita o dr. Christopher Abaddon em seu escritório, ela é convidada para o chá, uma tradição da família Solomon que sugere vínculos familiares, o relacionamento de Abaddon com os Solomon. Ela se detém para admirar um quadro a óleo original de Michael Parkes, *As Três Graças*, notável pelos "corpos nus [...] retratados de forma espetacular, em cores vívidas" (99). A pintura reaparece em várias outras ocasiões e serve para ocultar uma porta secreta para o calabouço de tortura do doutor maníaco.

O óleo sobre tela mede 1 metro por 1,3 metro e foi pintado em 2004. Parkes é um artista americano nascido em 1944 e descrito como "pintor realista mágico". Ele, na verdade, comentou sobre sua própria obra:

> Na Renascença, as Três Graças eram conhecidas como as criadas da deusa Vênus. Eram normalmente mostradas representando a beleza, a castidade e

As Três Graças.

o prazer, porque Vênus era conhecida como a deusa do amor. Este amor é um amor terreno ou físico. No entanto, no início dos tempos platônicos, os gregos tinham uma interpretação mais esotérica desse amor que Vênus incorporava. Eles acreditavam que ela representava a forma mais elevada do amor espiritual. Por isso, as Três Graças não eram criadas de uma Vênus de sensualidade ou amor terreno, mas os degraus para a descida das mais elevadas energias através da incorporação de Vênus no plano terreno. Elas são o Silêncio, a Harmonia e a Ordem.

O tema tem sido popular na arte ocidental, incluindo uma pintura muito famosa do mesmo nome realizada por Rafael. Em uma coincidência mais curiosa, há uma galeria chamada As Três Graças em Portsmouth, New Hampshire, estado natal de Brown. Mas Kim Ferreira, ela própria uma artista, que inaugurou a galeria em 2004, não tem lembrança de uma visita de Dan Brown. Rafael foi sua inspiração – e talvez a de Brown –, e ela reuniu uma coleção impressionante, citada nos *links*, documentando a história da arte de *As Três Graças* com reproduções. Em parte, destaca o aspecto de "uma trindade, representações físicas e intelectuais de encanto, beleza e alegria, e um símbolo de compaixão e benevolência". Há três membros sobreviventes da família Solomon: Peter, Katherine e Zachary. Peter pode ser considerado encantador e Katherine bonita, e Zachary se acha criativo, mas, como Mal'akh ou Abaddon, ele dificilmente pode ser considerado benevolente.

A mágica das palavras para descrever essas pinturas fracassa na captura do encanto dos olhos diante das cores brilhantes de *A apoteose*, de Brumidi, ou de *As Três Graças*, de Parkes. Uma versão ilustrada de *O Símbolo Perdido* certamente será lançada. Desconfio que *As Três Graças* não apenas trará à mente associações agradáveis, mas também revelará segredos do texto num exame mais minucioso.

Links

AS TRÊS GRAÇAS
www.theworldofmichaelparkes.com/html/Detail.asp?WorkInvNum=93368&whatpage=artisfull

O MUNDO DE MICHAEL PARKES
www.theworldofmichaelparkes.com/html.home.asp

AS TRÊS GRAÇAS: UMA HISTÓRIA DE KIM FERREIRA
www.threegracesgallery.com/graces.html

VÍDEO DE MICHAEL PARKES SOBRE SEU QUADRO DA VÊNUS
www.youtube.com/watch?v=XEc-8J7O0o4

13

Melencolia I

Mesmo antes da publicação do livro, Brown indicou Dürer em duas das pistas oferecidas simultaneamente aos leitores no Facebook e no Twitter. A Pista 22 era: "Seus temas são o primeiro casal, ungulados chifrudos, abençoado Jerônimo". Muitos ansiosos aficionados por quebra-cabeças entenderam que esta era uma referência velada a Dürer. O primeiro casal era Adão e Eva, gravado e pintado pelo artista; ele também fez uma gravura de um rinoceronte e uma de São Jerônimo, que traduziu a Bíblia para o latim. Na caixa da pirâmide de ouro, Langdon descobre a imagem de 1514 sobre uma letra "A" maiúscula achatada em cima e incluindo a letra "D". Langdon reconhece que esta é uma inequívoca referência a um nome. Mas guarda o segredo por vários capítulos até revelar que se trata da assinatura de Albrecht Dürer que adorna a gravura *Melencolia I* do artista. Sem tempo a perder, Katherine sugere que eles a acessem no catálogo *on-line* das coleções digitais da Biblioteca do Congresso. A busca revela várias imagens miniaturizadas, incluindo uma da *Melencolia I*. Uma busca recente no catálogo da Biblioteca do Congresso revela que não há essa imagem em sua coleção. Felizmente, a Galeria Nacional de Arte tem várias cópias e proporciona o acesso pela Internet a uma imagem em que cada seção pode ser vista em detalhe. A gravura incorpora um quadrado mágico que será discutido com mais detalhes posteriormente, assim como uma assinatura no canto inferior direito que atraiu a atenção de Langdon. Mas toda a gravura se ajusta ao que é chamado de "cristianismo místico – uma fusão de cristianismo primitivo, alquimia, astrologia e ciência" (256).

Em 1514, Albrecht Dürer criou essa gravura, que contém o título e o ano de sua criação. É uma das obras de arte mais estudadas no mundo ocidental. Erwin Panofsky, considerado por muitos como a maior autoridade na obra, declara em seu *The Life and Art of Albrecht Dürer* [A vida e a arte de Albrecht Dürer] (1943) que ela "é em certo sentido um autorretrato espiritual de Albrecht Dürer". Dürer visitou Florença e entrou em contato com a arte de Rafael e Leonardo da Vinci. O título, *Melencolia I*, é provavelmente relacionado à expressão usada por um dos principais escritores esotéricos da Idade Média, Heinrich Cornelius Agrippa, cujo *Da filosofia oculta* foi escrito em 1510 e publicado em 1531. Apesar de inúmeras tentativas para interpretá-la, a obra continua a exibir novas possibilidades. Além de ter sido usada em *Da filosofia oculta* e de

Melencolia I.

apresentar uma grafia errada em qualquer das línguas que Dürer conhecia, *Melencolia* pode ser lido como um anagrama para as palavras latinas *Limen coela*, ou "limiar para o céu".

Os estudiosos consideram que as imagens e símbolos contêm algum conhecimento secreto. O próprio título tem sido interpretado como um exemplo de gematria, atribuindo números às letras para revelar correspondências ocultas. Se atribuímos o numeral 1 à letra A, 2 a B, etc., então

MELENCOLIA EINS = (13+5+12+5+14+3+15+12+9+1)+(5+9+14+19) = 136
e *ALBRECHT DVRER* = (1+12+2+18+5+3+8+20)+(4+22+18+5+18) = 136.

(Observe que a letra latina *V* substitui a letra *U* no nome do artista).

O intrigante quadrado mágico na gravura é um conjunto quatro por quatro dos números de 1 a 16, em que cada fileira e coluna somam 34, número relacionado em alguns textos herméticos ao planeta Júpiter. A fileira de baixo contém os números 4-15-14-1, que alguns declaram ser a data (1514) e um código para as letras A = 1 e D = 4 para Albrecht Dürer.

Mark Koltko-Rivera conecta a pintura à tradição maçônica, embora o início formal das lojas da maçonaria remontem a 1717, dois séculos depois da feitura da obra. Ele concentra nossa atenção em objetos como as ferramentas de um carpinteiro (Jesus era filho de um carpinteiro), o compasso, a pedra polida e até mesmo o cão. A escada é percebida como a escada de Jacó (ver Gênesis 28:10-22), um símbolo da aula do primeiro grau da maçonaria.

Links

MELENCOLIA I NA GALERIA NACIONAL DE ARTE DE WASHINGTON, D.C.
www.nga.gov/fcgi-bin/timage_f?object=6640&image=3653&c=

ALBRECHT DÜRER, OBRAS COMPLETAS
www.albrecht-durer.org

DAVID BOWMAN, "*MELENCOLIA I*"
www.aiwaz.net/Melencolia-I/a14

DAVID FINKELSTEIN, "*MELENCOLIA I*"
www.physics.gatech.edu/people/faculty/finkelstein/MELENCOLIAchapter.pdf

MARK KOLTKO-RIVERA, "SÍMBOLOS MAÇÔNICOS NA *MELENCOLIA I* DE DÜRER"
lostsymbolweets.blogspot.com/2009/06/9th-tweet-albrecht-durer.html

14

O Capitólio

O Capitólio dos Estados Unidos domina *O Símbolo Perdido* e é proeminente nas sobrecapas das edições norte-americana e britânica do livro. Seu papel no Triângulo de L'Enfant e suas origens maçônicas têm sido comentadas. Mas o Capitólio é também um museu vivo que continuou a crescer com a nação no correr dos séculos. Do ponto de vista arquitetônico e artístico, ele é testemunha da criatividade americana inspirada por um espírito de Antiguidade clássica, e dele imbuída. É adequado que o responsável por esse local seja denominado de Arquiteto do Capitólio. Não é por coincidência que o Arquiteto do Capitólio mantém um *website* espetacular sobre o orgulho dos Estados Unidos.

O local para o ramo legislativo americano foi escolhido por George Washington e Pierre L'Enfant. Projetado pelo dr. William Thornton, que ajudou Washington a lançar a pedra fundamental em 18 de setembro de 1793, o prédio só passou a ser ocupado a partir de 1807, anos depois da morte de Washington. Durante a Guerra dos Estados Unidos contra os britânicos, o prédio foi incendiado, em 1814. Embora logo tenha sido restaurado, sofreu ampliações nas décadas de 1850 e 1860, ainda durante a Guerra Civil Americana. Um novo Centro de Visitantes do Capitólio dos Estados Unidos foi inaugurado em 2008. Os americanos frequentemente se referem à "Colina do Capitólio" como o local em que os congressistas trabalham, debatem e aprovam as leis que governam a nação.

Centro do ramo legislativo americano, o Capitólio é, na verdade, um templo, a sede do governo de um povo independente protegido por uma Constituição. Lá se reúnem o Senado, à semelhança do Senado romano, e a Câmara dos Representantes. O próprio prédio tem uma história longa e viva, e, segundo várias fontes, o Capitólio pode ser comparado ao Panteão romano, o Templo de Júpiter, o Templo de Salomão em Jerusalém, e claramente foi, em parte, inspirado na Catedral de São Isaac em São Petersburgo, na Rússia.

Langdon e Mal'akh, como a maioria dos visitantes, entram no Capitólio através do novo Centro dos Visitantes. Como ele foi recentemente reaberto, até mesmo a maioria dos americanos que o visitou antes ficaria surpreendida ao descobrir seu Capitólio renovado. Ele é um local de trabalho onde a Câmara dos Representantes e o Senado realizam sessões públicas para debater e adotar a legislação. Mas é também um museu que celebra a democracia norte-americana. Os visitantes, assim como Langdon, são direcionados à Rotunda, o salão que fica sob o magnífico domo, onde Langdon vê *A apoteose de George Washington* e infelizmente encontra a "Mão dos Mistérios" tatuada de Peter Solomon. Langdon também vai descer até o segundo subsolo do Capitólio, até a secreta Sala 13, onde descobre a Câmara de Reflexão e encontra uma pirâmide inacabada. A Câmara de Reflexão no subsolo do Capitólio é uma ficção. Brown admitiu isto em uma entrevista na televisão.

A partir dali, ele é guiado pelo Arquiteto do Capitólio, um título real, mas com o detentor do cargo ficcional Warren Bellamy (Walt Bellamy foi jogador profissional de basquete da NBA nas décadas de 1960 e 1970). Ele vai ajudar Robert a fugir da diretora do Escritório de Segurança da CIA, Sato (um sobrenome japonês comum e que pode significar "açúcar"). Utilizam um dos túneis subterrâneos que conectam o Capitólio aos três prédios da Biblioteca do Congresso que ficam do outro lado da rua. Há, na verdade, um segundo subsolo no Capitólio, e o túnel também existe. Originalmente, a Biblioteca do Congresso foi montada especificamente para apoiar as necesidades dos membros do Congresso e suas equipes, e durante algum tempo foi localizada no prédio do Capitólio. Há realmente vias férreas subterrâneas e túneis que conectam o Capitólio aos seis prédios que abrigam os gabinetes dos senadores e dos membros da Câmara dos

Vista aérea de Washington.

Representantes. O domo do Capitólio, onde Langdon e Katherine vão terminar sua jornada e onde também se encerra *O Símbolo Perdido*, é encimado por uma Estátua da Liberdade. O acesso ao alto do domo pode ser conseguido através de permissão especial.

Livros têm sido escritos e existe um número enorme de *websites* sobre a localização do Capitólio e a importância zodiacal do momento exato para o lançamento de sua pedra fundamental. Uma das visões gerais mais recentes e completas pode ser encontrada em *The Secret Architecture of Our Nation's Capital* [A arquitetura secreta da capital de nossa nação] (1999), de David Ovason. A própria pedra fundamental foi simbolicamente relançada em 1993 com hora maçônica. Os leitores vão ficar maravilhados diante dessa "mina de ouro de mistérios bizarros", desde a "banheira da morte" até o "falecido cavalo empalhado do general John Alexander Logan" (33-34). Tudo isto e muito mais aparece em um livro de autoria de Jim Berard, *The Capitol Inside & Out* [O Capitólio por dentro e por fora] (2003). Mas essas explicações anedóticas e místicas do Capitólio são apenas um suplemento para a rica e variada história do Templo do Poder da América, que está disponível na Internet, incluindo fotografias espetaculares e mapas detalhados do complexo do Capitólio.

Talvez o mais impressionante sejam as dimensões do prédio.

> Atualmente, o Capitólio cobre uma área de 16.000 metros quadrados, ou cerca de 4 acres e tem uma área ocupada de aproximadamente 67.000 metros quadrados. Sua extensão, de norte a sul, é de 229 metros; e sua maior largura, incluindo os acessos, é de 106 metros. Sua altura acima da linha de base na frente leste até o alto da Estátua da Liberdade é de 88 metros; do térreo até o alto do domo há uma escada com 365 degraus. O prédio contém cerca de 540 salas e 658 janelas (108 apenas no domo) e aproximadamente 850 entradas.

Sob o domo, no segundo andar, está a Rotunda, com 29 metros de diâmetro e que atinge a altura de 55 metros até o dossel. Ao sul da Rotunda está a Sala das Estátuas, onde Langdon achou que iria fazer sua conferência. Há 365 degraus da base do Capitólio até o ponto mais alto do domo, uma subida íngreme que é realizada através de uma escada de metal que serpenteia entre o duplo domo, fora da visão dos visitantes que estão embaixo, até um caminho externo. Uma coincidência maçônica final é que há 33 degraus conduzindo do local da Posse, no lado oeste do Capitólio, até a Rotunda!

Links

UM *TOUR* PELO CAPITÓLIO
uschscapitolhistory.uschs.org/tour/índex.htm

VÍDEO C-SPAN E GUIA DE ÁUDIO
www.c-span.org/capitolhistory

O ARQUITETO DO CAPITÓLIO
www.aoc.gov e www.aoc.gov/cc/capitol/index.cfm

CENTRO DE VISITANTES DO CAPITÓLIO DOS ESTADOS UNIDOS
www.visitthecapitol.gov

15

O obelisco e a pirâmide

Dan Brown é fascinado por obeliscos e pirâmides, e a presença deles em *O Símbolo Perdido* não é exceção. Basta lembrar os principais obeliscos em Roma e as criações de Bernini que lideram o caminho e ficam diante das catedrais mortais de *Anjos e demônios* ou a pirâmide de vidro acima do Louvre no final de *O código Da Vinci*. O obelisco mais evidente é o imponente Monumento a Washington, que, com 169 metros de altura, é a mais alta estrutura da cidade e, durante alguns poucos anos, foi a estrutura mais alta do mundo. O obelisco é culminado por uma pirâmide, sobre a qual outra pirâmide, o ponto culminante, está colocada.

O Monumento a Washington foi originalmente planejado como uma grande coluna. Mas a construção logo foi interrompida por quase três décadas devido à escassez de recursos. Quando foi novamente desenhado, o que emergiu foi um projeto clássico de um obelisco com 169 metros de altura sobre uma base de 16,9 metros. Essas dimensões foram planejadas para corresponder à proporção egípcia clássica de 10:1. Visto diretamente de cima (ou no Google Earth), todo o complexo é um circumponto, um ponto dentro de um círculo, que um pouco mais de perto revela uma pirâmide perfeita no alto.

Desde os tempos antigos têm sido atribuídas qualidades místicas aos obeliscos e às pirâmides. E na obra, em uma miniconferência, o professor Langdon nos informa:

> A pirâmide representa essencialmente a iluminação. É um símbolo arquitetônico emblemático da capacidade dos homens antigos de se libertarem do plano terrestre e ascenderem rumo ao céu, ao sol dourado e, por fim, à fonte suprema da iluminação (136).

Uma pirâmide é um polígono com uma base, sobreposto com lados triangulares que convergem para um ponto. Deve ter pelo menos três lados, mas as de quatro lados são as mais vistas. As pirâmides datam de quatro mil anos atrás. As imensas pirâmides do Egito têm causado espanto entre cientistas e admiradores, e dado origem a todos os tipos de associações, desde envolvimento extraterrestre até intercessão dos deuses, o que pode ocultar as chaves para segredos místicos. Como as pirâmides, na verdade, continham passagens secretas, a percepção da pirâmide como um receptáculo de segredos é disseminada.

A Estrutura Maçônica

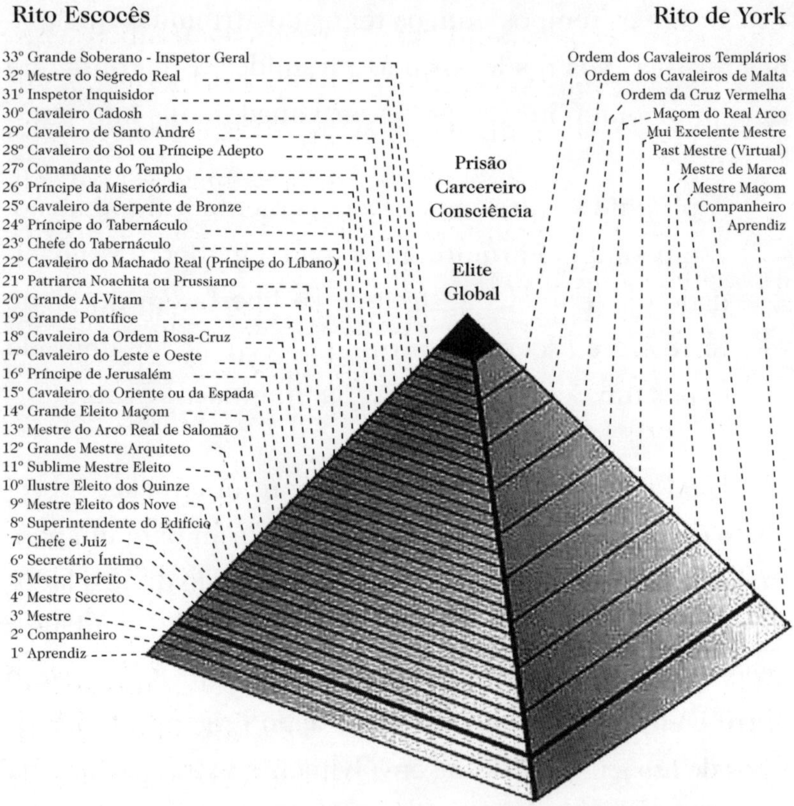

Pirâmide Maçônica.

O obelisco egípcio clássico tem quatro lados culminados com uma pirâmide no alto. Os obeliscos que dirigiam seus olhos aos céus também guardavam a entrada dos templos e eram símbolos do deus Sol egípcio, Aman Re ou Ra: "A estrutura por meio da qual o homem ascendia ao reino dos deuses" (136). Os obeliscos originais eram monólitos, uma única peça de pedra, mas hoje é mais frequente que consistam de muitas pedras. Nos tempos modernos, Roma é considerada a capital mundial dos obeliscos, com vários obeliscos egípcios originais e outros adicionados no decorrer dos séculos, incluindo aquele que está no centro da Praça de São Pedro.

A lenda maçônica e outras lendas ocultas sugerem que o Egito foi habitado por sobreviventes da ilha perdida de Atlântida, que a arte egípcia foi transmitida para os responsáveis pela construção do Templo de Salomão, e que sociedades como a dos cavaleiros templários, os rosa-cruzes e os maçons são os recipientes e guardiões desses segredos. Alguns propõem que os Estados Unidos são uma encarnação da sociedade ideal descrita por *Sir* Francis Bacon em *A Nova Atlântida*. Supõe-se que a nação do Novo Mundo herdou essa sabedoria. Esse fato, a verdade de que os Estados Unidos detêm algum segredo antigo, supostamente será revelado no simbolismo da pirâmide inacabada que adorna o lado posterior do Grande Selo dos Estados Unidos, e é carregada por centenas de milhões de pessoas todos os dias, no reverso da nota de um dólar americano.

Mas será que há outra pirâmide que seja o segredo mais guardado dos maçons, uma que revele o *portal secreto* para toda a sabedoria? A Pirâmide Maçônica (137). A lenda da Pirâmide Maçônica, recontada por Langdon, fala de "uma pirâmide oculta, criada para proteger os Antigos Mistérios até o momento em que toda a humanidade estivesse pronta para lidar com o assombroso poder que esse conhecimento era capaz de conferir" (138). Mas sua ressalva é que "isso tudo é um mito". No segundo subsolo do Capitólio, ele encontra uma pirâmide de granito de 23 centímetros, sólida, inacabada. Ela conterá um conjunto de pistas. Outra minipirâmide é aquela feita de ouro que lhe foi confiada por Peter Solomon. Langdon volta com ela para Washington e, depois que a decifra, percebe que essa também porta símbolos. Ele descobre que esses símbolos são marcas em um mapa do tesouro que deve conduzir ao Símbolo Perdido e à Palavra Perdida. Mas, embora haja uma conexão clara entre as pirâmides e os maçons, e até em relação à forma de pirâmide da Sala do Templo na Casa do Templo, essa "Pirâmide Maçônica" é uma das grandes ficções do romance.

Links

O GRANDE SELO DOS ESTADOS UNIDOS

www.usa.gov/About/Great_Seal.shtml

PIRÂMIDES: A HISTÓRIA NELAS CONTIDA

www.nationalgeographic.com/pyramids/pyramids.html

SEGREDOS DAS PIRÂMIDES

www.secretsofthepyramids.com

SÍMBOLOS OCULTOS DA PIRÂMIDE

www.youtube.com/watch?v=SjJl9AX4FVE

IV
Criptologia

Da Cripta do Capitólio, destinada a guardar os restos mortais de George Washington, à Criptologia, Dan Brown encanta os leitores com códigos e cifras que ele próprio certamente deve adorar. Um dispositivo básico de todos os seus livros são não apenas as pistas nele ocultas, mas aquelas contidas na capa e nos jogos ou buscas que seus leitores precisam decifrar juntamente com o grande decodificador, Robert Langdon. Nesse aspecto, Brown não é diferente do mágico verbal Vladimir Nabokov, que em seu romance *Lolita* se queixa daqueles autores que colocam suas pistas em itálico, apenas para ele próprio colocar em itálico uma pista para o misterioso sequestrador de crianças. E poucos autores gostam tanto dos *itálicos* quanto Brown.

Em sua *webpage*, recentemente atualizada em 2009, pouco antes da publicação de *O Símbolo Perdido*, Brown reuniu seus desafios passados e presentes, incluindo como avançar dentro do próprio *site*. Experimente passar seu cursor sobre a parte da pintura de *A apoteose* para descobrir um retrato de seu autor favorito. Clicando sobre "Os segredos", do lado esquerdo, você vai ter acesso a vários jogos, incluindo "As buscas do símbolo", assim como à competição na *web* de *O código Da Vinci* e à "Revelação do código", um jogo de *Anjos e demônios*. Há *sites* de fatos bizarros para os romances da série de Langdon e alguma diversão com os ambigramas, a arte da caligrafia para representar de maneira idêntica uma palavra escrita normalmente e de cabeça para baixo, que serviu como base para *Anjos e demônios*. Há até mesmo um aplicativo iPhone/iTouch da Apple para "A busca do símbolo".

O Símbolo Perdido é uma longa série de quebra-cabeças e códigos que, quando decifrados, conduzem um após o outro à solução final, o local onde "tudo será revelado". O livro, na verdade, começa sua lista de "Fatos" com a menção de uma carta entregue ao diretor da CIA. Mais tarde, na Rotunda do Capitólio, um turista insuspeito faz a descoberta macabra de uma "Mão dos Mistérios", indicando conhecimentos ocultos e sinistros que Langdon precisa interpretar para salvar a "alma" de seu amigo, Peter Solomon. O primeiro destes é o Código Maçônico, necessário para decodificar a mensagem. A parte interna da mão revela a pista 1514 AD, que direciona Langdon para a gravura de Albrecht Dürer, em particular para seu quadrado mágico. Toda a tagarelice em torno do Código Maçônico só se torna significativa quando passado através do decodificador usando o quadrado de Dürer.

A pirâmide de ouro que Langdon está protegendo sofre sua própria transformação para revelar um conjunto de símbolos bem mais complicado. Essa transformação só pode ser realizada quando o anagrama oculto na solução para a mensagem decifrada de Dürer aponta para Isaac Newton. Os símbolos então conduzem a outro mistério da Ordem 8 Franklin Square, de início mal interpretada, durante vários capítulos, como uma localização geográfica. Aqueles que chegam ao fim do romance e ao desvendamento de seu conjunto de símbolos podem voltar sua atenção para um conjunto de desafios totalmente novo na sobrecapa do livro. A frente, as costas e a lombada contêm referências a *O Símbolo Perdido*, oferecem um prêmio para os poucos afortunados que o decifrarem logo, e pode proporcionar as primeiras pistas para a próxima aventura de Robert Langdon. Em sua entrevista para a *NBC Dateline*, Brown sugeriu que seu próximo livro estará repleto de uma série ainda maior de desafios.

> Dan Brown: O código mais fascinante eu deixei fora deste livro.
> Matt Lauer: Por quê?
> Dan Brown: Era complicado demais. Difícil demais para usar... Bem, não vou lhe falar sobre isto. Vai estar no próximo livro.

Links

SEGREDOS DE DAN BROWN

www.danbrown.com/#/secrets

16

Kryptos

Uma das primeiras mensagens ocultas na sobrecapa de *O código Da Vinci* era um conjunto de coordenadas geográficas. Nas costas está um conjunto de letras e números escritos atrás, à esquerda do quarto comentário. São coordenadas de latitude e longitude que, quando invertidas, mostram (37 57 6,5 N, 77 8 44 W). As coordenadas (38 57 6,5 N, 77 8 44 W) apontam para o quartel-general da Agência Central de Inteligência. As coordenadas que aparecem na contracapa do livro estão erradas em um grau (37 em vez de 38), e Brown declara que pode revelar a razão disso em futuros livros. Além do mais, dentro da área escurecida, onde há um rasgo na capa, está um texto que diz em sua imagem refletida: "só w.w. sabe". Brown declarou que isto se refere a William Webster, que foi diretor da Agência Central de Inteligência de 1987 a 1991. Webster formou-se em Amherst, coincidentemente a mesma escola que Brown frequentou. Na página de "Fatos" de *O Símbolo Perdido*, Brown menciona um documento de 1991 entregue ao diretor com um texto criptografado que "inclui referências a um antigo portal" e a frase "Está enterrado lá em algum lugar". Os leitores não iniciados vão esperar até quase o fim do livro para ler em um fórum de discussão de funcionários da CIA a palavra "KRYPTOS" (455). A explicação de por que Brown apresentou um grau errado, indicando não a CIA, mas Washington, D.C., é apresentada em um comentário:

> Apesar de Mark ter dito que as indicações de latitude e longitude [*O código Da Vinci, TRB*] apontam para algum lugar em WASHINGTON, D.C., as coordenadas que ele usou estavam erradas por um grau – *Kryptos* basicamente aponta de volta para si mesmo.

Aqueles que acompanharam os romances de perto vão reconhecer que Brown realmente indicou Washington, D.C., como o local de *O Símbolo Perdido* na capa de *O código Da Vinci*. Todos esses pontos conduzem ao mistério descoberto da escultura realizada por James Sanborn para a CIA intitulada *Kryptos.* Essa escultura tem uma longa história e dúzias de *websites* a ela dedicados, o melhor talvez sendo aquele da própria CIA. Em 1988, o artista norte-americano James Sanborn foi encarregado de realizar uma obra de arte para o novo quartel-general da CIA. Ele colaborou com um escritor para selecionar o texto e com um decodificador aposentado da CIA para criptografar uma mensagem. Essa mensagem foi gravada em uma tela de cobre em forma de S. O próprio Sanborn disse: "Eles conseguirão ler o que eu escrevi, mas o que escrevi é em si um mistério". Entretanto, o artista proporcionou a solução para o código e a apresentou ao então diretor Webster quando o prédio foi ocupado em 1991. O código real foi parcialmente decifrado, mas uma parte ainda permanece não resolvida. No romance, uma funcionária da CIA, Nola Kaye, reexamina partes da mensagem e o fórum de discussão *on-line*. "Nola Kaye" foi decifrada em vários *sites* como sendo um anagrama transliterado do cirílico para YA ELONKA (Я ЕЛОНКА), cuja tradução do

Escultura Kryptos *no quartel-general da CIA.*

russo é "Eu sou Elonka". Esta é a homenagem de Brown a Elonka Dunin, que durante anos cobriu a *Kryptos* em seu *website* dedicado ao assunto.

A primeira das partes decifradas refere-se à escuridão e à busca antiga pela iluminação. A segunda identifica "quem sabe. Só ww". Há também coordenadas de latitude e longitude de pontos que estão a apenas duzentos metros da escultura. A passagem final está corretamente identificada no romance como proveniente dos escritos de Howard Carter, o arqueólogo que descobriu a tumba de Tutancâmon no Vale dos Reis egípcio. As próprias palavras de Carter apresentam a expressão "ANTIGO PORTAL" (476).

> ENTRE A SOMBRA SUTIL E A AUSÊNCIA DA LUA ESTÁ A NUANCE DA ILUSÃO.
> ERA TOTALMENTE INVISÍVEL. COMO ISSO É POSSÍVEL? ELES USARAM O CAMPO MAGNÉTICO DA TERRA E AS INFORMAÇÕES FORAM REUNIDAS E TRANSMITIDAS SECRETAMENTE PARA UM LOCAL DESCONHECIDO E LANGLEY SABE DISSO? ELES DEVEM TÊ-LAS ENTERRADO EM ALGUM LUGAR E QUEM SABE O LOCAL EXATO? SÓ WW. ESTA FOI SUA ÚLTIMA MENSAGEM E TRINTA E OITO GRAUS CINQUENTA E SETE MINUTOS, SEIS PONTO CINCO SEGUNDOS NORTE, SETENTA E SETE GRAUS OITO MINUTOS QUARENTA E QUATRO SEGUNDOS OESTE X NÍVEL DOIS.

LENTAMENTE OS REMANESCENTES DAS RUÍNAS DA PASSAGEM QUE SOBRECARREGARAM A PARTE INFERIOR DA ENTRADA FORAM REMOVIDAS COM AS MÃOS TRÊMULAS. FIZ UMA MINÚSCULA BRECHA NO CANTO SUPERIOR ESQUERDO E DEPOIS AUMENTEI UM POUCO O ORIFÍCIO. INSERI A VELA E ESPREITEI NO AR QUENTE QUE ESCAPAVA DA CÂMARA QUE FEZ A CHAMA TREMULAR. MAS NESSE INSTANTE OS DETALHES DA SALA EMERGIRAM DA NÉVOA E FOI POSSÍVEL VER QUALQUER COISA Q (?)

Só o tempo vai dizer se a mensagem final para esse quebra-cabeça de múltiplas camadas será um dia revelada. Enquanto isso, Sanborn continuou trabalhando e duas de suas obras introduzem um elemento russo. Uma é chamada *Antípodas*, que é metade em inglês e metade em russo. A outra é *Projetor Cirílico*, que contém uma mensagem inteiramente em russo, em escrita cirílica.

Links

TOUR E VÍDEO DA *KRYPTOS* DA CIA
https://www.cia.gov/about-cia/virtual-tour/kryptos/index.html

SITE DA *KRYPTOS* DE ELONKA DUNIN
elonka.com/kryptos

VÍDEO NOVA SCIENCE NOW

www.pbs.org/wgbh/nova/sciencenow/3411/03.html

A WIKIPÉDIA É UM DOS MELHORES PONTOS DE PARTIDA PARA OS FÃS DA *KRYPTOS*

en.wikipedia.org/wiki/Kryptos

17

A Mão Direita dos Mistérios

Mal'akh corta a mão direita de Peter Solomon e a introduz sorrateiramente no prédio do Capitólio em uma tipoia. Isto é uma paródia totalmente macabra do lugar de honra, "à mão direita do pai". A mão decepada serve a várias funções no decorrer do enredo. Em uma pavorosa guinada irônica para "Peter vai indicar o caminho", a mão aponta para o teto acima da Rotunda, onde está o afresco *A apoteose de George Washington*. Langdon afirma que o indicador e o polegar estendidos para cima são um plágio de *A Última Ceia, A adoração dos magos* e *São João Batista*, de Leonardo da Vinci (93). A mão também oculta dentro dela a misteriosa inscrição IIIX88S que pode ser lida, quando invertida, como SBBXIII, indicando uma sala no segundo subsolo do Capitólio que Peter ocupou.

Mas o principal interesse da mão é o fato de que os dedos estão tatuados com símbolos. Langdon reconhece esta como sendo "A Mão dos Mistérios", representando um convite que tem sido usado "ao longo dos milênios"

(58). Langdon também observa que a mão era, em geral, esculpida em "pedra ou madeira, ou então desenhada". Sobre o que ele está falando?

A mão aparece em uma obra de Bernard de Montfaucon, monge beneditino do século XVIII que escreveu sobre artefatos egípcios e apresentou ilustrações deles em sua

Mão mística.

L'antiquité expliquée et représentée en figures 1719-1724 (em inglês, simplesmente *Antiquities*). Langdon mais provavelmente está se referindo à descrição e representação apresentada no século XX. Essa imagem e a explicação moderna vêm do que Brown chama de o "livro básico", *Os ensinamentos secretos de todas as épocas*, de Manly P. Hall.

Hall exibe "A Mão dos Mistérios" com uma ilustração de Augustus Knapp e apresenta o melhor resumo da mão e de seu simbolismo, em que cada dedo tem seu próprio símbolo específico. No polegar, há uma coroa; no indicador, uma estrela; no médio, o Sol; no anular, uma lanterna; e, no mínimo, uma chave. A citação completa de Hall é:

> A mão do filósofo que está estendida para aqueles que penetram nos mistérios. Quando o discípulo da Grande Arte contempla esta mão, ela está fechada, e ele precisa descobrir um meio de abri-la para que os mistérios ali contidos possam ser revelados. Na alquimia, a mão significa a fórmula para a preparação da física da tintura. O peixe é mercúrio e o mar cercado de chamas em que ele nada é enxofre, embora cada um dos dedos traga o emblema de um Agente Divino através das operações combinadas com que a grande obra é realizada. O artista desconhecido fala sobre o diagrama: "O sábio faz seu juramento, por meio desta mão, de que não vai ensinar a Arte sem pará-

bolas". Para o cabalista, a figura significa a operação do Poder Uno [o polegar coroado] nos quatro mundos (os dedos com seus emblemas). Além de seus significados alquímicos e cabalísticos, a figura significa a mão de um pedreiro com a qual ele "levanta" o Construtor martirizado da Casa Divina. Filosoficamente, a chave representa os próprios mistérios, sem cuja ajuda o homem não pode abrir as muitas câmaras do seu próprio ser. A lanterna é o conhecimento humano, pois é uma centelha do Fogo Universal captado em um receptáculo feito pelo homem; é a luz daqueles que moram no universo inferior e com a ajuda da qual eles procuram seguir os passos da Verdade. O Sol, que pode ser chamado de "a luz do mundo", representa a luminescência da criação, através da qual o homem pode aprender o mistério de todas as criaturas, que expressa através de forma e número. A estrela é a Lua Universal que revela as verdades cósmicas e celestiais. A coroa é a Luz Absoluta – desconhecida e não revelada –, cujo poder brilha através de todas as luzes menores, que são apenas centelhas desta Cintilação Eterna. Assim é apresentada a mão direita, ou princípio ativo, da Deidade, cujas obras estão todas contidas no interior da Sua mão.

Hall combina várias tradições em uma. O cabalista é o praticante da cabala judaica mística, e a alquimia e a astronomia aparecem com destaque nos símbolos esotéricos e ocultos e nas histórias dos maçons. Os mundos astrológicos e astronômicos oferecem iluminação, e tudo isso está contido na Mão do Senhor. Os Grandes Mistérios, sua sabedoria oculta, estão todos simbolizados em uma mão que nos convida a nos juntarmos na busca da sabedoria fundamental.

Links

ILUSTRAÇÃO E EXPLICAÇÃO DE KNAPP
icanseefar.tripod.com/hand_of_the_mysteries.htm

GALERIA PRS DO SIMBOLISMO MAÇÔNICO
www.prs.org/gallery-mason.htm

18

Código Maçônico

Langdon encontra na pirâmide de pedra inacabada em SBB13 um conjunto quatro por quatro de dezesseis símbolos (170). Os símbolos são ilustrados duas vezes mais, em um total de três vezes, até que proporciona o Código Maçônico que o ajuda a decodificá-lo (202). O Código Maçônico, às vezes chamado de Código Pigpen, localiza as 26 letras do alfabeto latino em dois quadrados três por três e dois blocos de quatro. Cada letra então corresponde a um único ponto do diagrama maior. O código é usado desde o século XVIII para manter em segurança os códigos da maçonaria. Mas pouca coisa é segura ou secreta na Internet, que apresenta várias versões do código. Tenha cuidado, pois alguns desses códigos são apenas artifícios para manter o não iniciado à distância! Langdon proporciona a chave para decodificar a mensagem, mas qualquer um consegue obtê-la atualmente na Wikipédia (202).

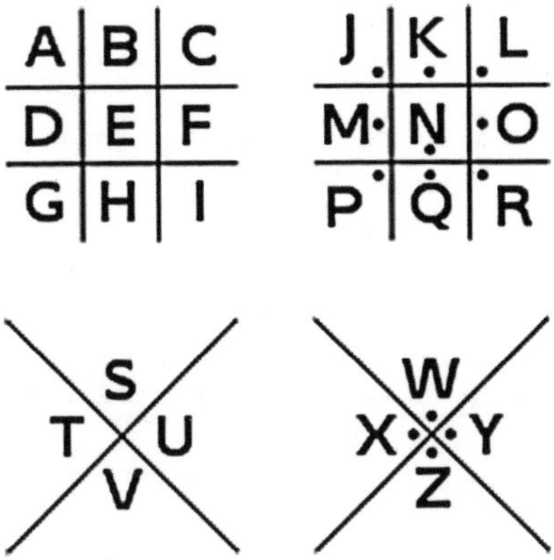

Usando a tabela correspondente, a mensagem que está na pirâmide diz:

S	O	E	U
A	T	U	N
C	S	A	S
V	U	N	J

O resultado, no entanto, é incompreensível sem uma decodificação adicional, que requer a ajuda de 1514 AD.

Se você ainda não encontrou e resolveu o Código Maçônico no canto esquerdo inferior da contracapa da edição americana, agora é o momento de fazê-lo. Para aqueles que não têm a referida capa e querem decifrá-lo, construí minha própria mensagem secreta. Você consegue resolvê-la?

Links

CÓDIGO MAÇÔNICO OU PIGPEN
en.wikipedia.org/wiki/Pigpen_cipher

IMAGEM DA SOBRECAPA DE *O SÍMBOLO PERDIDO*
dailygrail.com/share/lostsymbolcovers/bookback.jpg

FAÇA SUA PRÓPRIA MENSAGEM CIFRADA
www.civilwarsignals.org/cipher/pigpencipher.html

19

Quadrados mágicos de Dürer e Franklin

Dois dos mistérios mais intrigantes de *O Símbolo Perdido* só podem ser desvendados quando se empregam quadrados mágicos para ordenar as letras ou símbolos. Quadrados mágicos aparecem nas culturas antigas da China, Egito, Índia e Pérsia. Neles, os números nas linhas seguem da esquerda para a direita, as colunas de cima para baixo, e todas as diagonais somam o mesmo número. Tradicionalmente se acreditava que esses quadrados possuíam qualidades mágicas e místicas, e com frequência tinham importância astrológica. Saturno correspondia ao número 3, Júpiter ao 4, Marte ao 5, o Sol ao 6, Vênus ao 7, Mercúrio ao 8 e a Lua ao 9. Os quadrados mágicos eram apenas um uso de combinações de letras e números encontrados em textos ocultos ou esotéricos.

No Ocidente, alguns dos primeiros quadrados mágicos apareceram na obra de Heinrich Cornelius Agrippa,

Da filosofia oculta, escrita em 1510. Os quadrados também aparecem em outro texto esotérico, *A chave de Salomão* ou *A clavícula de Salomão*, que remonta pelo menos à década de 1500. O quadrado mágico de *A chave de Salomão* é a combinação três por três mais simples: os números 1 a 9 são dispostos em três linhas e três colunas e somam 15, horizontal, vertical e diagonalmente.

Robert Langdon fica de início desconcertado depois de decifrar o Código Maçônico, que consiste de quatro linhas de quatro letras. Outra pista o leva a examinar a gravura enigmática de Albrecht Dürer, que apresentava um quadrado mágico quatro por quatro em sua gravura *Melencolia I*, de 1514. A gravura contém tanto seu título quanto o ano de sua criação. *Melencolia I* aparece em um pergaminho no canto superior esquerdo da gravura. A gravura ou gravuras (existem duas cópias) apresentam uma mulher, Melancolia, com asas, um anjo, uma ampulheta, um arco-íris, uma escada, um sino e um poliedro. Esses objetos constituem uma série aparentemente caótica ou aleatória de instrumentos alquímicos, matemáticos e místicos. Até hoje, a obra continua a encontrar novas interpretações. *Melencolia*, como observou um estudioso, pode ser também um anagrama e lido como o *Limen coela* latino ou "limiar para o céu".

O elemento mais intrigante da obra é o quadrado mágico, um conjunto quatro por quatro dos números de 1 a 16, em que cada linha e coluna somam 34, um número relacionado em alguns textos herméticos ao planeta Júpiter. A linha de baixo contém os números 4-15-14-1, que alguns consideram não apenas como a data (1514), mas também usam um código maçônico para mudar as letras A = 1 e D = 4 para Albrecht Dürer.

Usando os números contidos no quadrado de Dürer, Langdon ordena as letras.

S	O	E	U	16	3	2	13	J	E	O	V
A	T	U	N	5	10	11	18	A	S	A	N
C	S	A	S	9	6	7	12	C	T	U	S
V	U	N	J	4	15	14	1	U	N	U	S

Isso resulta em *Jeova Sanctus Unus*, que, como qualquer estudante de latim sabe, é traduzido como "Único Deus Verdadeiro" (164). Mas Langdon não terminou, pois vamos descobrir que isto, por sua vez, vem a ser um anagrama para *Isaacus Neutonnus*, *Sir* Isaac Newton (322). Como os fãs de Dan Brown vão se lembrar, Newton apareceu brevemente em *O código Da Vinci* em conexão com *Sir* Francis Bacon. Ambos eram filósofos e cientistas, e Bacon foi o autor de seu próprio código, o Código Baconiano. O nome de Newton vai em si proporcionar uma pista para a decifração dos símbolos ocultos na pirâmide de ouro. Sob uma camada de cera estão ocultos símbolos. Utilizando os 33 graus da Escala de Newton em que a água ferve, os símbolos aparecem milagrosamente. Eles são para Langdon uma revelação dos 64 símbolos que estão necessitando desesperadamente ser rearranjados.

Links

QUADRADO MÁGICO DO MUNDO DA MATEMÁTICA DE WOLFRAM

mathworld.wolfram.com/MagicSquare.html

MELENCOLIA I NA GALERIA NACIONAL DE ARTE DE WASHINGTON, D.C.

www.nga.gov/fcgi-bin/timage_f?object=6640&image=3660&c=

Detalhe de Melencolia I, *de Dürer.*

20

O quadrado de símbolos

Sob uma camada de cera, a Pirâmide Maçônica de ouro revela seu segredo (362). Mas este é o "*Caos total*". Para extrair "ordo ab chao" ("*ordem a partir do caos*"), Langdon terá de recorrer ao "Order Eight Franklin Square" de Franklin. O "Eight Franklin Square" inspira várias tentativas fracassadas, porque a frase é mal interpretada como um endereço no nº 8 da Franklin Square em Washington (e o Templo Santuário das Almas situado bem próximo da Franklin Square). Langdon finalmente entende que a frase se refere ao famoso quadrado mágico oito por oito de Benjamin Franklin.

Benjamin Franklin (1706-1790) criou seu próprio conjunto de quadrados mágicos, incluindo um feito de dezesseis linhas e dezesseis colunas. Autor, editor, cientista, estadista, diplomata e um dos Pais Fundadores da América, ele é mais lembrado por sua contribuição para a Declaração de Independência e por seu trabalho para conseguir a ajuda da França na causa da Revolução Americana. Bem menos conhecido é o seu *status* de maçom e o fato de ele ter passado anos na Inglaterra, onde provavelmente interagiu com membros do "Colégio Invisível". Publicou o primeiro livro maçônico da América, e também teve um papel preponderante no projeto da cidade de Washington e do Capitólio.

52	61	4	13	20	29	36	45
14	3	62	51	46	35	30	19
53	60	5	12	21	28	37	44
11	6	59	54	43	38	27	22
55	58	7	10	23	26	39	42
9	8	57	56	41	40	25	24
50	63	2	15	18	31	34	47
16	1	64	49	48	33	32	17

O quadrado de Franklin.

Franklin escreveu sobre tudo e, em *Poor Richard's Almanac,* reuniu a sabedoria e o conhecimento da época. A reunião de suas frases inclui "Um ponto no tempo economiza nove". Ele era fascinado por quebra-cabeças matemáticos e construiu vários quadrados mágicos e até mesmo um círculo mágico.

No Order Eight Franklin Square que tanto desconcerta Robert Langdon durante vários capítulos, os números de 1 a 64 cobrem um campo semelhante a um tabuleiro de xadrez, em que as linhas da esquerda para a direita somam 260, assim como os números de cima para baixo em cada coluna. Diferentemente dos verdadeiros quadrados mágicos, as diagonais não somam os mesmos 260, mas Franklin criou vários desenhos diagonais originais e intrigantes que se assemelham a pirâmides.

Os 64 símbolos em si não fazem sentido. Eles são apresentados várias vezes depois que são revelados (362). Só se tornam claros quando é realizada uma transformação similar àquela usada com o quadrado de Dürer. Rearranjando os símbolos segundo os números no quadrado, de forma que a letra da última linha da segunda coluna seja colocada no alto à direita na primeira linha da primeira coluna, etc., os símbolos se unem em uma unidade significativa. Sim, isso também vai necessitar de um deslindamento e de uma explicação, mas conduz ao clímax do romance (412)!

O diagrama ou mapa simbólico (412) que emerge vai necessitar da perícia de Langdon para nos conduzir, linha por linha.

A primeira linha contém a palavra grega Ηερεδομ↓. A palavra, que vimos estar associada com a Casa do Templo, é seguida de uma seta que vai apontar o sul em um mapa da cidade na direção do Monumento a Washington.

A segunda linha tem "*O circumponto. O símbolo da Fonte. A origem de todas as coisas*". Pode também ser lida como o Sol próximo à Lua no firmamento ou no céu.

A terceira linha é originalmente mal interpretada como símbolos dos pedreiros: o esquadro, a abreviação de ouro, uma pirâmide, a letra delta (símbolo matemático de mudança), o símbolo do elemento químico mercúrio e o uróboro para a inteireza e a união (459). Mas na verdade vai, posteriormente, revelar seu segredo como um estilizado *Laus Deo*, "Louvado seja Deus".

A quarta linha tem símbolos de uma estrela e a Lua, uma cruz e a estrela hebraica, depois três velas e um compasso para a maçonaria.

A quinta linha tem o Sol, o olho de Hórus, a lua e a estrela muçulmanas, o símbolo de *Yin Yang*, um *Ankh* e uma caixa ou caixão.

A sexta linha contém dentro da pirâmide ou triângulo a mão da paz, o símbolo celta Triquetra da Trindade, Om, uma roda da vida budista, o pentáculo e um triângulo pitagórico formado por três quadrados.

A sétima e a oitava linhas contêm signos do Zodíaco. Da esquerda para a direita: Áries, Touro, Gêmeos, Câncer, Leão, Virgem, Libra, Escorpião, Sagitário, Capricórnio, Aquário e Peixes.

Finalmente, isso tudo vai nos levar à pirâmide sob a qual está enterrado O Símbolo Perdido, A Palavra Perdida.

Links

O TEMPLO SANTUÁRIO DAS ALMAS

www.graciano.com/project_detail.asp?pID=5

QUADRADOS MÁGICOS DE FRANKLIN

www.mathpages.com/HOME/kmath155.htm

21

Pistas encobertas

Poucos escritores têm se importado tanto com a composição da sobrecapa quanto Dan Brown. Os segredos ocultados e revelados na capa de *O código Da Vinci* em parte nos levaram diretamente a *O Símbolo Perdido*. É só se preparar que aqui também a capa recompensa aqueles com tempo para examiná-la de perto. Alguns especialistas ainda estão trabalhando furiosamente, tentando decifrar as pistas, e só podemos conjeturar se as edições no Reino Unido têm pistas similares ou diferentes, se é que as têm. E quanto às edições em outras línguas? Esta é uma razão para se comprar o livro com capa dura, pois as edições em brochura de *O código Da Vinci* não contêm nenhum desses tesouros.

Algumas das imagens e associações são óbvias. A frente da capa exibe uma impressão do selo do 33º grau do Rito Escocês, com o número 33 inscrito em um triângulo implantado sobre a águia de duas cabeças sob uma coroa real. A frase *Ordo Ab Chao* aparece no pergaminho que está embaixo. Sob o selo há uma fotografia do Capitólio dos Estados Unidos iluminado à noite. Dentro da letra O de "The Da Vinci Code" há um ponto, formando assim um circumponto. Na lombada aparece uma foto do Monumento a Washington dentro de um buraco de fechadura.

Muitas pessoas têm se apressado em examinar a sobrecapa, e muitos de seus enigmas e códigos podem ser encontrados e foram resolvidos. Mas quero dar crédito à minha aluna no Middlebury College, Karly Wentz, que desvendou os seguintes segredos para mim:

> Se você girar 90 graus para a direita a frente da capa, ao longo do círculo desenhado há números. Fora do círculo lê-se: 22-65-22-97-27. Dentro do círculo lê-se: 22-23-44-1-133-97-65-44.
>
> Eu fui a todos esses capítulos e peguei a primeira letra de cada palavra de cada capítulo. O resultado foi: POPES PANTHEON (Panteão dos Papas). [Karly dá o crédito a Greg Taylor pela insinuação de que o romance *Fortaleza digital,* de Dan Brown, tinha uma combinação similar de números e letras.]
>
> Encontrei todas as letras A a J na capa com o número correspondente. Colocando as letras na ordem, consegui A2 B1 C2 D7 E8 F2 G9 H5 I1 J5. Depois de certo tempo, percebi que este é um número de telefone da cidade de Nova York! 212-782-9515. Disquei-o, e

fiquei sabendo que, se eu for uma das 33 primeiras pessoas a desvendar esta pista, enviar um *e-mail* com meus dados e indicar corretamente o símbolo favorito de Langdon, vou receber uma cópia gratuita e autografada de *O Símbolo Perdido*. [O número existia, mas não mais coloca a pessoa em contato com Jason Kaufman, editor de Brown. Aqueles que telefonaram em outubro de 2009 foram saudados por uma voz estrangeira repetindo uma elocução tipo canto. Alguém pode reconhecer essa elocução, mas não está claro como ela poderia se relacionar ao romance.] As costas da capa também apresentam uma impressão minúscula ASSIM EM CIMA, e embaixo COMO EMBAIXO (nos arcos superior e inferior).

Também nas costas da capa, se você girar o livro 90 graus no sentido horário, há um código vermelho-alaranjado escrito de cima a baixo da página. Usando o Código Maçônico, a decifração do código revela: "TODAS AS GRANDES VERDADES COMEÇAM COMO BLASFÊMIAS". Esta é uma citação de George Bernard Shaw de sua peça *Annajanska, a imperatriz bolchevique*. Shaw ganhou o Prêmio Nobel de Literatura em 1925. Não consegui encontrar um resumo da peça, mas toda a peça em um ato foi escrita em 1918 e está *on-line* [no Projeto Gutenberg]. Em minha opinião, isto pode aludir ao fato de o próximo livro de Brown ter a ver com a Revolução Bolchevique ou com a história russa.

O próximo código é uma grade quatro por quatro no canto inferior esquerdo das costas da capa. Use o "quadrado mágico" de Dürer, em que cada número da grade representa o número do quadrado onde a letra deve figurar na grade correspondente. Por exemplo, se você olhar embaixo, o Y deve ir para o 16º quadrado, o U deve ir para o terceiro quadrado, o O para o segundo quadrado, etc. Como você pode ver, a grade decodificada diz: "YOUR MIND IS THE KEY" (Sua mente é a chave).

Eu só gostaria de acrescentar à interpretação de Karly que o russo é usado no anagrama de Nola Kaye, e que James Sanborn realizou duas outras esculturas envolvendo o alfabeto russo. O brasão russo compartilha a águia coroada de duas cabeças com o 33º grau dos maçons do Rito Escocês! Sabendo do amor de Brown pela arte e pela arquitetura, será que tudo isto pode estar indicando um romance ambientado em São Petersburgo com seu extraordinário Museu Hermitage?

Será que tudo o que está na capa significa alguma coisa? Nem mesmo o ISBN escapou à atenção. Se você remover o 978 inicial, os números remanescentes são 0 + 3 + 8 + 5 + 5 + 0 = 4 + 2 + 2 = 5 = 34. O número 34 é a soma dos números no quadrado mágico de Dürer. Tenho certeza de que isto é apenas o começo.

Links

GREG TAYLOR, CÓDIGOS NA CAPA
thecryptex.com/features/codes-on-the-lost-symbol-cover

O SÍMBOLO PERDIDO, CAPA
dailygrail.com/share/lostsymbolcovers/bookfront.jpg

SOBRE O ISBN
roman-numerals.inrebus.com/2009/09/the-lost-symbol---decoding-the-isbn.html

V

Ciência perdida e encontrada

Em sua entrevista para a *NBC Dateline* em outubro de 2009, Dan Brown admitiu: "A ciência noética é realmente a razão de eu ter demorado tanto tempo para escrever este livro [...] Eu disse antes que sou um cético. E ouço falar dessas experiências que estão sendo feitas que provam categórica e cientificamente que a mente humana tem poder sobre a matéria [...] Passei muito tempo pesquisando a ciência noética e na verdade tive de chegar ao ponto em que percebi: 'Sabe de uma coisa? O mundo é um lugar mais estranho do que pensávamos'. E a mente humana realmente tem a capacidade de afetar a matéria".

Mas o fascínio com a ciência e o conflito do científico e do espiritual já estavam bem aparentes em obras anteriores. Em seu processo em Londres, Brown lembrou:

> Comecei lendo livros sobre ciência e religião, incluindo *The God Particle* [A partícula de Deus], *O tao da física, Física da imortalidade, O quark e o jaguar*, e outros. O tema recorrente que me excitou foi a ideia

de que a ciência e a religião estão agora envolvidas com áreas comuns. Esses dois antigos inimigos estavam começando a encontrar um campo compartilhado, e o CERN (Conselho Europeu de Pesquisa Nuclear) estava na linha de frente dessa pesquisa. Foi assim que terminei escrevendo *Anjos e demônios* – um suspense de ciência *versus* religião ambientado dentro de um laboratório de física na Suíça e na Cidade do Vaticano. A área sombria que me interessava era a batalha contínua entre ciência e religião, e a débil esperança de reconciliação entre as duas. Esta era minha "grande ideia" e minha "área cinzenta".

O novo livro de Dan Brown é uma tentativa de encontrar uma maneira de reconciliar a lacuna entre a ciência e a religião, entre o mundo que percebemos através de nossos sentidos e o mundo do espírito ou que está além de nossa visão ou toque. O que muitos podem chamar de a Ordem do Novo Mundo, uma nova revelação ou iluminação, é na verdade tão velho como a própria história registrada. A separação do cientista, do filósofo e do sacerdote é um aspecto do nosso mundo moderno, mas que os homens e mulheres ilustrados ignoraram no passado. Basta examinarmos os escritos multifacetados de Francis Bacon, Isaac Newton ou Benjamin Franklin e Thomas Jefferson (todos citados em *O Símbolo Perdido*) para entender que os limites colocados no nosso conhecimento e nas nossas sensações foram ignorados por muitos grandes pensadores. No século XX, Albert Einstein surpreendeu alguns com suas próprias declarações sobre questões espirituais.

O código Da Vinci deu vida nova a muitas obras que foram publicadas, lidas ou negligenciadas e depois em grande parte esquecidas, como *O Santo Graal e a linhagem sagrada. O Símbolo Perdido* certamente vai despertar a curiosidade e o interesse sobre vários tópicos e instituições que, embora novos para a maioria dos leitores, realmente existem há pelo menos trinta anos. É provável que todo o reino da parapsicologia e a sabedoria da Nova Era experimentem um interesse aumentado nos próximos meses e anos. Brown, que sempre foi crítico da interferência religiosa ou das tentativas de reprimir o pensamento científico, parece ter encontrado uma síntese, essa área em que a mente encontra a matéria, em que o mundo dos fenômenos físicos abre caminho para outro mundo espiritual, astral, noumenal.

22

Noética

A noética – aprendemos no livro – é “uma ciência tão avançada que nem sequer parecia mais ciência” (43). Críticos como Ray Hyman, que construiu uma carreira tentando ridicularizar as afirmações da parapsicologia, juntamente com o Comitê de Investigação Cética, declararia que ela não é de modo algum uma ciência.

> A palavra “noética” vem do grego antigo *nous*, palavra para a qual não há um equivalente exato em inglês. Refere-se ao “conhecimento interno”, uma espécie de consciência intuitiva – o acesso direto e imediato ao conhecimento que está além do disponível às nossas percepções normais e ao poder da razão.

Essa definição é extraída do Instituto de Ciências Noéticas (ICN), um instituto de pesquisa sem fins lucrativos localizado na Califórnia. Fundado em 1973 pelo ex-

-astronauta norte-americano Edgar Mitchell, o Instituto é atualmente dirigido por Marilyn Schlitz, presidente do Instituto, que gostou da sugestão de que ela pode ter sido a inspiração ou o protótipo para Katherine Solomon.

Na pessoa de Katherine, Brown encontra uma nova alta sacerdotisa, alguém comprometido em explorar a consciência humana e utilizar seu poder. Ela fala da "intenção", da capacidade de se concentrar na consciência para um propósito. "*Esse é o elo perdido entre a ciência moderna e o misticismo antigo*" (62). E esta é a essência da mensagem do livro. Mal'akh, sobrinho de Katherine, que é direcionado a uma transformação e destruição diabólica, percebe que seu sonho vai fracassar se Katherine for bem-sucedida. Sua missão passa a ser erradicar seu trabalho e mantê-lo longe dos olhos do público em geral.

Brown, aparentemente, não visitou o Instituto, mas é claro que fez uma pesquisa substancial sobre seu trabalho e consta ter-lhe enviado um *e-mail* elogioso no dia da publicação do livro, esperando que o Instituto desfrute de sua atenção recém-despertada. Essa pode ser a meia verdade do ano. Para o curioso, há na Internet um amplo material proporcionado pelo próprio Instituto. A breve explicação é que o Instituto busca estudar como nosso mundo interno, a consciência, pode interagir com o mundo material externo, tudo com o objetivo da completa transformação! O Instituto relaciona em itens sua atividade:

- Explora as fronteiras da consciência.
- Constrói pontes entre a ciência e o espírito.
- Pesquisa energias sutis e os poderes da cura.
- Investiga a ciência do amor, do perdão e da gratidão.
- Estuda os efeitos da consciência e da intenção compassiva.
- Procura entender a base das principais visões de mundo.
- Pratica a liberdade de pensamento e a liberdade do espírito.

E Marilyn e Katherine? Marilyn é citada como acreditando ser o personagem de Katherine. "Levantar-se uma manhã para se descobrir um personagem ficcional de um romance *best-seller* requereu uma ligeira adaptação." Apesar das diferenças físicas, Marilyn encontrou muitas coisas em comum. "Como Katherine, o pai e o irmão de Schlitz eram maçons do 32º grau e membros do Rito Escocês. As duas mulheres começaram suas carreiras aos dezenove anos, estudaram intenção distante, oração e cura, e ambas acreditam que as tradições da sabedoria antiga previram as descobertas da ciência moderna."

IONS INSTITUTE OF NOETIC SCIENCES

Logo do Instituto de Ciências Noéticas.

Schlitz diz que consegue identificar dez experiências feitas por seu Instituto em *O Símbolo Perdido*. Mas diz que "há muita ficção científica no livro".

Links

COMITÊ DE INVESTIGAÇÃO CÉTICA
www.csicop.org

O QUE SÃO CIÊNCIAS NOÉTICAS
www.noetic.org/publications/review/issue47/r47_Harman.html

INSTITUTO DE CIÊNCIA NOÉTICA
www.noetic.org e www.noetic.org/about/godeeper.cfm

MARILYN SCHLITZ
http://www.youtube.com/watch?v=G6Vol4HHadJs

NPR, MULHERES LEEM O ROMANCE DE DAN BROWN E DESCOBREM SEU *SELF*
www.npr.org/templates/story/story.php?storyId=113676181

O SEGREDO: A LEI DA ATRAÇÃO
www.youtube.com/watch?v=7cbistg59b8&feature=related

23

The Field e *The Intention Experiment*

Outra candidata a ser a inspiração de Katherine Solomon tem de ser Lynne McTaggart. Ela é autora de duas obras importantes, incluindo uma mencionada no romance, *The Intention Experiment*. McTaggart mora em Londres, mas viaja pelo mundo em uma missão de canalizar as energias das mentes humanas para a melhoria do destino da humanidade. Ela e seu marido iniciaram-se no campo da medicina alternativa, publicando obras como *What Doctors Don't Tell You: the Truth about the Dangers of Modern Medicine* [O que os médicos não lhe contam: a verdade sobre os perigos da medicina moderna] (1999) e *The Cancer Handbook: what's Really Working* [O manual do câncer: o que está de fato funcionando] (2000). Baseada em Londres, ela começou a explorar o trabalho do Laboratório de Pesquisa de Anomalias da Engenharia de Princeton (LPAE) e do Centro de Estudos Avançados em

Ciências Comportamentais de Stanford, e isso finalmente conduziu à publicação de *The Field* [O campo].

Dan Brown introduz o estudo de Katherine Solomon de que a "*consciência humana*, como a descrevia a autora especializada em noética Lynne McTaggart, é uma substância *externa* aos limites do corpo... uma energia altamente ordenada capaz de modificar o mundo físico. Katherine ficara fascinada pelo livro de McTaggart, *The Intention Experiment* [A experiência da intenção], e por seu estudo global feito pela Internet – theintentionexperiment.com – que tinha como objetivo descobrir como a intenção humana é capaz de afetar o mundo" (61).

The Field, de McTaggart, refere-se a um conceito de física quântica em que existe o mínimo possível de energia, isto é, não contém partículas físicas ou matéria. Este é chamado o Campo de Ponto Zero. Não obstante, as ondas e partículas eletromagnéticas parecem brotar por si. *The Field* tem um subtítulo apropriado: *The Quest for the Secret Force of the Universe* [A busca pela força secreta do Universo]. Ela examina a história da pesquisa que se desenvolveu a partir do campo da física quântica para impactar ainda mais a pesquisa em um grande número de áreas em que a velha máxima da "mente sobre a matéria" se torna mais parecida com "a mente determina a matéria". A base disso é que existe um campo energético, um campo energético independente, e que todos podemos coletivamente explorar esse campo com nossa consciência. Essa habilidade é usada para explicar a atividade paranormal, que do contrário é inexplicável, como a cura à distância e a telecinesia (a arte de mover um objeto pela força do pensamento).

A pesquisa de McTaggart envolveu várias experiências e referências a importantes físicos que dão base a esse campo da parapsicologia. Eles incluem muitos dos nomes científicos que aparecem no romance, a começar por Werner Heisenberg, criador do campo da mecânica quântica e autor do "princípio da incerteza". McTaggart nos move no tempo para a década de 1970 e depois para o presente, para o LPAE, ICN, Stanford, Copenhague, etc. É interessante que ela observa que muitos desses indivíduos, pesquisadores respeitados com credenciais acadêmicas, "eram ao mesmo tempo filósofos e cientistas" (*The Field,* 224). A nova física afirma: "A comunicação do mundo não ocorria no reino visível de Newton, mas no mundo subatômico de Werner Heisenberg" (225). Não está claro se os leitores de Langdon ou Brown conseguem entender isso. Evidentemente, este é um apelo a algo encontrado que foi presumivelmente intuído pelos Antigos. Essa chave para a unidade de toda matéria e energia é a solução sincrética que *O Símbolo Perdido* oferece a seus leitores. Mas, fundamentalmente, essa é uma solução na qual se tem de acreditar, mais do que conhecer. Não é tão revolucionária quanto parece, mas simplesmente nos leva de volta a nossos primórdios. Este é o ponto em que a fé mobiliza o que a mente não pode mais compreender.

Se *The Field* foi a pesquisa que conduziu ao sistema de crença de McTaggart, *The Intention Experiment* é sua própria tentativa de demonstrar e usar o poder da consciência coletiva para impactar o mundo físico. Esse é mais que um livro; ele transpõe os limites entre o mundo impresso e o mundo virtual: "Este é um livro sem um final [...] *The Intention Experiment* é o primeiro livro 'vivo' em três dimensões" (xxi).

A maior parte do livro está concentrada em resumir parte da pesquisa realizada em muitos campos, incluindo cura à distância, telepatia com plantas, domínio mental do metabolismo, terapias mente-corpo, etc. O livro também apresenta um método para capacitar o indivíduo a se conectar com seu próprio potencial humano, e depois ficar envolvido em uma experiência mais ampla. Os leitores são convidados a participar da experiência que se utiliza da consciência humana e da atenção concentrada registrando-se no *website*. Digno de nota é um anúncio de que o *website* vai periodicamente requerer que o leitor examine o livro para obter uma senha para liberar o acesso ao trabalho em si. Isto não é diferente do encaixe de Dan Brown de informações em seu texto necessárias para a decifração das mensagens. Os leitores foram convidados a se unir ao projeto e o número de participantes aumentou dramaticamente desde a publicação do romance.

Capa de The Intention Experiment.

Embora grande parte disso seja novidade, os leitores fiéis de Brown vão se lembrar de seu fascínio pelo Grande Acelerador de Hádrons construído pelo Conselho Europeu de Pesquisa Nuclear (CERN) e pelo trabalho de Vittoria Vetra em *Anjos e demônios* sobre o "entrelaçamento" e a antimatéria. Será mera coincidência que eles estejam no centro dessa circunferência de 27 quilômetros do acelerador de partículas, não improvavelmente o ponto no círculo que forma o circumponto?

Links

O QUE OS MÉDICOS NÃO LHE CONTAM
www.wddty.com

THE FIELD
livingthefield.ning.com

THE INTENTION EXPERIMENT
www.theintentionexperiment.com

LYNNE MCTAGGART NO *NBC DATELINE*
www.msnbc.msn.com/id/21134540/vp/33350056#33350056

ENTREVISTA COM LYNNE MCTAGGART
www.youtube.com/watch?v=8dUsRWs-pZY

24

O Centro de Apoio dos Museus Smithsonian

"Ninguém sabe que este lugar existe" (41). Mais um "Fato" que Brown lista entre o Escritório de Segurança e o Instituto de Ciências Noéticas. Sim, há um Centro de Apoio dos Museus Smithsonian (CAMS), localizado no nº 4.210 de Silver Hill Road, Maryland, 20746-2863, a cerca de 11 quilômetros do Capitólio dos Estados Unidos. "O maior e tecnologicamente mais avançado museu do mundo é também um dos mais bem guardados da face da Terra" (29). Bem, isso não é mais segredo, sr. Brown! Katherine trabalha aqui em um laboratório especialmente construído pelo irmão para sua pesquisa. Como está situado fora de Washington, D.C., a jornada de Robert Langdon não o leva a ele. Mal'akh irá até lá pretendendo destruir o trabalho de Katherine e tentará incendiar o local. Felizmente, não houve incêndio na vida real.

O Smithsonian proporciona amplas informações em seu próprio website, descrevendo a instituição, sua história e sua coleção. Brown mistura fantasia e ficção para criar um local na verdade bastante assustador. O laboratório e os dados de pesquisa de Katherine estão ali no Galpão 5 e a assistente de Katherine, Trish Dunne, será assassinada no Galpão 3, o "galpão molhado". A ficção é baseada em algum fato, embora a afirmação de que seu laboratório de noética seja diferente de qualquer outro no mundo possa ser questionada. O misterioso Galpão 5 onde Katherine trabalha já se tornou o novo "galpão molhado" e abriga uma coleção de 25 milhões de espécimes. O antigo Galpão 3 (galpão molhado) está sendo reformado para abrigar obras de arte. Em geral, o Centro de Apoio tem mais de 54 milhões de itens. Eles incluem a incrível lista de itens que Brown documenta. O Centro foi inaugurado em 1983 e é mais uma instituição de pesquisa e uma biblioteca do que um museu. Embora estudiosos e pesquisadores possam usar suas instalações, ele não está aberto ao público em geral que esteja simplesmente buscando satisfazer sua curiosidade.

Links

FOLHA DE FATOS DO SMITHSONIAN
newsdesk.si.edu/factsheets/msc_factsheet2009.htm

"O SMITHSONIAN REVELA SEUS TESOUROS OCULTOS"
www.washingtontimes.com/news/2007/aug/16/smithsonian-reveals32its-hidden-treasuress

"TESOUROS DO SMITHSONIAN, POR TRÁS DAS CENAS" articles.latimes.com/2004/oct/20/entertainment/et--smithsonian20

Entrada do Centro de Apoio dos Museus Smithsonian.

25

O peso da alma e a Ventilação Líquida Total

Dois dos tópicos mais surpreendentes de *O Símbolo Perdido* são as revelações de que a alma pode ser pesada e que os humanos podem sobreviver com líquido em seus pulmões. A primeira descoberta descrita por Katherine é oferecida como prova de algo físico e material, prova da existência de uma substância interna que sobrevive após a morte.

Katherine, quando ameaçada de morte iminente pelas mãos de Mal'akh, levanta a antiga questão: "*O que acontece quando morremos?*" (375). Ela e seu irmão Peter já haviam discutido anteriormente a existência de uma alma humana, e Katherine preparou seu próprio experimento para provar sua crença de que eles realmente possuíam "uma partícula de Deus". Katherine prossegue em seu pensamento do Livro do Gênesis até a ciência noética para formular a hipótese de que a alma, essa inteligência espiritual, sugere a presença de "*pensamento*", algo que a ciência noética conclui que tem massa. "*Será possível pesar a alma humana?*" (376) Para realizar sua experiência, ela desenvolve uma incubadora com o tamanho de um adulto que incorpora uma microbalança de alta precisão. Seu professor de Yale que está morrendo concorda em ser pesado na hora da morte. Seu peso corporal antes de ele expirar é 51,5453544 kg. Após sua morte, e à medida que a experiência progredia, o homem ia se tornando mais leve. Peter e Katherine Solomon obtiveram sucesso em pesar a alma humana. Dominado pela emoção, visto estarem testemunhando a morte de uma pessoa, Peter se lembra de seu filho Zachary. No exato instante desse pensamento ou lembrança de Katherine, Mal'akh, o ainda não reconhecido Zachary, introduz Peter em sua brutal câmara de tortura. Nesse momento de alto suspense, nunca somos informados sobre o peso da "alma".

Uma versão dessa "busca da verdade" apareceu no filme de 2003 estrelado por Sean Penn e intitulado *21 gramas*. Será que esse é o peso da alma humana? Esta é aparentemente uma nova ideia, pois Katherine lamenta: "A existência da alma humana [...] era provavelmente um conceito que jamais seria provado pela ciência" (376). Mas, na verdade, a história registra uma tentativa desse tipo realizada mais de cem anos atrás. Em 1907, o dr. Duncan MacDougall, de Haverhill, Massachusetts, realizou uma experiência similar. Seu trabalho é apresentado em um livro de autoria de Robert L. Park, *Superstition: Belief in the Age of Science* [Superstição: crença na era da ciência], e está descrito em detalhes na Internet. O dr. MacDougall também construiu uma cama especial "organizada em um vigamento claro construído em muito delicadas balanças de viga de plataforma equilibradas". Ele tinha seis doentes terminais e registrou, após a morte de um: "A perda foi averiguada como tendo sido de três quartos de onça". Quando pesou quinze cães e não registrou perda após a morte, teve a convicção de que os cães não tinham alma. Os resultados foram publicados em *The New York Times* e na revista *American Medicine* mais de um século atrás. Os três quartos de onça, ou aproximadamente 21 gramas, reapareceram no século XXI não desafiados por qualquer pesquisa comprovada.

O outro conceito que aparece em *O Símbolo Perdido* conectado com a morte é a Ventilação Líquida Total. Ro-

Pesagem egípcia da alma.

bert Langdon está encerrado em uma cápsula dentro da qual Mal'akh bombeia um líquido. Sabemos que Robert tem horror a espaços fechados e parece estar afundando. Nós, leitores, supomos que ele realmente morreu. Mas Langdon, milagrosamente, sobrevive. Ele é retirado das garras da morte para sobreviver e continuar enfrentando os desafios desse romance, e seus leitores esperam que de muitos mais. O astucioso Mal'akh não usou água para afogá-lo, mas "perfluorocarbonos oxigenados" (396). Com uma audiência cativa, Brown nos apresenta uma breve pesquisa histórica da "respiração líquida", que data de uma experiência de 1966 realizada com um camundongo, e no filme de 1989, *O segredo do abismo*. A diretora Sato recorda algumas experiências da Marinha e da Força Aérea dos Estados Unidos e também o pensamento aterrorizante de que, além de ser usado nos tanques de meditação da Nova Era, a substância pode ser usada para induzir a sensação de afogamento no horror da técnica de tortura da submersão nos interrogatórios. O medo de Brown da tecnologia voltada para usos do mal parece bem justificado.

Embora o trabalho prossiga para descobrir as maneiras de utilizar os perfluorocarbonos com infusão de oxigênio, no uso médico ainda não parece haver possibilidade de se manter a vida por esse método.

Links

TRAILER DE *21 GRAMAS*
us.imdb.com/vídeo/screenplay/vi3383951641

O PESO DA ALMA
www.snopes.com/religion/soulweight.asp

KARL S. KRUSZELNICKI, "21 GRAMAS"
www.abc.net.au/science;articles/2004/05/13/1105956.htm

TECNOLOGIA DO FUTURO: TOME, RESPIRE ESTE LÍQUIDO
web.archive.org/23b/20080119132718
http://222.skyaid.org/skyaid+Org/Medical/Heart_Cool_Oxygen.htm

A VENTILAÇÃO TOTAL LÍQUIDA PROPORCIONA UM RESFRIAMENTO CARDIOPROTETOR ULTRARRÁPIDO
www.journals.elsevierhealth.com/periodicals/jac/article/PIIS0735109706028609/abstract

26

Ciência atual

O *Símbolo Perdido* está atualizado na tecnologia e nos avanços científicos do século XXI. Brown se refere à noética e ao Living Experiment. O trabalho de Katherine Solomon é supostamente realizado em um laboratório secreto no CAMS dedicado ao estudo da ação da consciência humana sobre a matéria física. O romance se refere a outras personagens e fontes científicas e acadêmicas para conferir autoridade a essas afirmações. Grande parte disso emana do campo da física quântica, a ciência que busca as partículas subatômicas e o campo energético que tem sido observado e dominado pelo princípio da incerteza inicialmente articulado por Heisenberg.

Embora esse mundo pareça ser diametralmente oposto ao mundo de Newton ou à explicação de Albert Einstein de que toda matéria e energia existem em algum equilíbrio, é também fascinante examinar as próprias teorias de Einstein sobre o lugar do espiritual em nossa vida. O decano da Catedral Nacional cita o cientista autríaco para Katherine e Robert:

Estátua Memorial de Albert Einstein em Washington, D.C.

> Aquilo que é impenetrável para nós existe de fato. Por trás dos segredos da natureza há algo sutil, intangível e inexplicável. A veneração a essa força que está além de tudo o que podemos compreender é a minha religião (303).

Einstein morou e trabalhou em Princeton, uma possível explicação para o fato de Brown ter escolhido essa universidade para ser a *alma mater* de Robert Langdon. Em um conjunto mais crescente de interconexões, o Monumento a Albert Einstein, na avenida da Constituição, com a frente voltada para o Monumento a Washington, detém um segredo astrológico. No mapa de estrelas na base de granito da estátua há mais de 2.700 pinos de metal inseridos, representando os planetas, o Sol, a luz, as estrelas e outros corpos celestes. Eles foram precisamente posicionados por astrônomos do Observatório Naval dos Estados Unidos para corresponder à posição dos planetas na data de inauguração do memorial.

A ciência e a tecnologia têm um papel de destaque nesse romance da era digital. Dispositivos Blackberry, assim como computadores portáteis que acessam a Internet e utilizam mecanismos de busca são predominantemente exibidos. A ameaça fundamental à segurança nacional é um vídeo de importantes personagens da política participando de um ritual maçônico. Disponibilizar essa informação para a mídia requer alguns minutos. Para uma audiência de leitores, parte disso pode parecer novidade. Mas as centenas de milhões de usuários do YouTube ou do CNN iReport sabem que baixar um vídeo é tão simples como uma brincadeira de criança. E, apesar das tentativas da diretora Sato, com o apoio dos principais especialistas em tecnologia da CIA, o YouTube e o Google Video já têm dúzias de vídeos sendo apresentados como registros de sessões maçônicas secretas. O perigo real aqui é que seremos tão inundados de materiais que não conseguiremos separar qualquer fato real da ficção.

A Internet é também uma parte importante do trabalho – tanto interna quanto externamente. Brown e seu editor parecem se divertir na viagem contínua entre a realidade e a realidade virtual que obscurece a distinção entre ambas. O mundo eletrônico das *webpages*, *quests*, *tweets* e *wall posts* garante manter o romance ao alcance da mão.

Links

FÍSICA QUÂNTICA. WERNER HEISENBERG
www.spaceandmotion.com/physics-quantum-mechanics-werner-heisenberg.htm

O VÍDEO DA HISTÓRIA SECRETA DOS MAÇONS
www.youtube.com/watch?v=Pa-mdPb77K0&feature=related

VI
Maçonaria

Desde seu início, *O Símbolo Perdido* foi um romance planejado em torno da maçonaria. Dan Brown declarou explicitamente sua intenção quando falou de seu novo livro após a publicação de *O código Da Vinci.* Durante minhas visitas à Casa do Templo na cidade de Washington e ao Memorial Maçônico a George Washington em Alexandria, na Virgínia, os guias maçons falavam com orgulho do fato de Brown tê-los visitado e feito uso das oportunidades de pesquisa nos dois lugares. Ambos aparecem na obra, embora o magnífico tributo alexandrino a Washington só seja utilizado como uma isca por Robert e Katherine. Na entrevista à *NBC Dateline* em 16 de outubro de 2009, a Sala do Templo da Casa do Templo foi usada em partes da conversa gravada entre Matt Lauer e Dan Brown. Brown não é maçom, nem Robert Langdon, que explica o fato de, pela mesma razão que Sócrates não foi um participante dos Mistérios Eleusinos, "ter decidido nunca se iniciar na fraternidade. Os votos de confidencialidade da ordem o impediriam de falar sobre a maçonaria com seus alunos" (110).

A capa de *O código Da Vinci* tinha nela incorporada a frase "Não há esperança para o filho da viúva". A capa americana de *O Símbolo Perdido* mostra o selo do 33º grau do Rito Escocês Antigo e Aceito, Jurisdição Sul. Langdon não é ignorante das sociedades imersas em segredo e mistério para as pessoas de fora. Os illuminati, os cavaleiros templários, os rosa-cruzes e a Opus Dei apareceram nos livros anteriores. Em *O Símbolo Perdido*, os maçons são representados por Peter Solomon, Grão-Mestre Supremo, que é um maçom do 33º grau. Mal'akh aceita a iniciação na maçonaria como maneira de encontrar a Pirâmide Maçônica, o Símbolo Perdido ou a Palavra Perdida. Ironicamente, Mal'akh, enquanto Zachary, rejeitou o convite inicial de seu pai, Peter, para ficar mais intimamente familiarizado com os segredos da maçonaria.

O Prólogo se inicia com a descrição de um ritual maçônico, e as influências maçônicas podem ser vistas em todo o romance. Há repetidas referências aos Antigos Mistérios e aos egípcios, e às tradições clássicas greco-romanas e judaico-cristãs que permeiam e inspiram a maçonaria. Somos informados sobre o papel dos maçons na criação da cidade de Washington e sobre os papéis desempenhados por importantes maçons, incluindo o lançamento da pedra fundamental do Capitólio por George Washington. A resolução do romance vem com a descoberta da Bíblia Maçônica encerrada na pedra fundamental do Monumento a Washington. A tentativa de manter em segredo o envolvimento de importantes figuras públicas em uma cerimônia maçônica é retratada como uma questão de segurança nacional, suficientemente grave para envolver a CIA. E todo o romance pode ser lido como uma iniciação alegórica de Robert Langdon e dos leitores no mundo da maçonaria.

Quando Brown menciona como "Fato" que a franco-maçonaria é uma organização real, ele enfatiza o óbvio para os milhões de maçons que moram nos Estados Unidos e nos outros países. Nos itálicos de que ele tanto gosta, declara: "*Existe um mundo escondido por trás do que todos nós vemos. Para todos nós*" (445). Além disso, nos é dito que os maçons não formam uma sociedade secreta, mas uma sociedade com segredos. No mundo moderno, isto é apenas parcialmente verdade. Quem quiser conhecer a verdade sobre a maçonaria será bem-vindo a seus templos, onde os maçons falam abertamente sobre sua herança, suas tradições e suas organizações. Mas eles reservam a si próprios os direitos de iniciação secretos que proporcionam orientação para os símbolos que estão presentes em suas lojas, aventais, etc. Esses segredos há muito estão disponíveis na mídia impressa e mais recentemente na Internet. Embora eu apresente aqui *links* para alguns desses materiais, como Dan Brown tentarei respeitar alguns dos segredos de olhos predadores. Brown disse:

"Concebi este livro como uma visão reverencial da sua filosofia". Espero que a minha obra reflita o mesmo respeito pela maçonaria.

Links

UMA PÁGINA SOBRE A MAÇONARIA
web.mit.edu/dryfoo/Masonry

O CONSELHO SUPREMO, RITO ESCOCÊS ANTIGO E ACEITO, JURISDIÇÃO SUL
www.srmason-sj.org

MAÇONARIA
www.freemasonry.org

ALBERT MACKEY, *HISTORY OF FREEMASONRY*
www.freemasons-freemasonry.com/mackeyfr.html

27

Origens

Separar os fatos da ficção no que diz respeito aos maçons não é tarefa fácil. O registro histórico indica que em 1717, em Londres, quatro lojas se uniram e formaram a Grande Loja, a base da maçonaria atual. Um *Livro das constituições* foi publicado em 1723. Referências iniciais aos maçons aparecem na Inglaterra e na Escócia nos séculos XVI e XVII, mas isso é anterior à história registrada e é o ponto no qual a lenda se mistura com os acontecimentos reais.

Langdon apresenta a seus alunos uma miniconferência sobre a mais antiga e a maior das fraternidades: "A maçonaria é um sistema de moralidade envolto em alegoria e ilustrado por símbolos" (40). Os maçons (pedreiros)*

* O nome "maçonaria" provém do francês *maçonnerie*, que significa "construção". Essa construção é feita pelos maçons nas suas *Lojas*; alguns autores dizem que a *palavra* é mais antiga e teria origem na expressão copta *Phree Messen* (franco-maçom), cujo significado é "filho da luz". Na Idade Média havia dois tipos de pedreiros; o *rough mason* (pedreiro bruto) que trabalhava com a pedra sem lhe extrair forma ou polimento e o *freemason* (pedreiro livre) que detinha o segredo de polir a pedra bruta. (N. T.)

procuram estabelecer uma linha contínua entre Salomão e Hiram Abif, o arquiteto lendário do Templo daquele rei. Os pedreiros já existiam há séculos e na Europa durante toda a Idade Média construíram as grandes catedrais. Eles guardavam um grande conhecimento secreto – como colocar a pedra angular de um arco de forma a ele não cair. Esses trabalhadores eram organizados em guildas, e, de maneira muito parecida com os sindicatos atuais, protegiam seus membros garantindo certa exclusividade. Os aprendizes instruíam-se no ofício e depois se tornavam mestres, que por sua vez orientavam e iniciavam a geração seguinte. Como os pedreiros se deslocavam para onde seu trabalho fosse necessário, desenvolveram um conjunto de sinais verbais e gestos que lhes permitia reconhecer e validar um ao outro. Esses pedreiros "operativos" e suas guildas deram um impulso organizacional aos "especulativos", que emergiram talvez já no século XVI, mas não eram mais necessariamente os trabalhadores especializados de outrora. Esses maçons "livres" consistiam de grupos de homens que se reuniam para ler e discutir textos da época, entre eles os escritos esotéricos, obras sobre alquimia e astrologia, textos e interpretações bíblicas, livros não canônicos e lendas da Bíblia. Muitos escritores e obras fundamentais se tornariam conhecidos na tradução inglesa, incluindo a obra dos rosa-cruzes. Pouco a pouco, esses novos "maçons" começaram a construir conexões elaboradas, dos construtores das pirâmides egípcias até

Salomão e seu Templo, até as Cruzadas, quando os cavaleiros templários supostamente descobriram o Templo e o seu segredo em Jerusalém. Quando os templários foram dissolvidos e se dispersaram por toda a Europa, segundo a lenda alguns foram para a Escócia para construir a Capela Rosslyn, que foi apresentada em *O código Da Vinci*.

Então, os maçons têm duas tradições: uma está relacionada ao ofício dos pedreiros, mais bem simbolizado pelo bastante conhecido símbolo maçônico do esquadro e do compasso, e a letra maiúscula "G" para "Geometry" (Geometria) e para "God" (Deus). A outra são as tradições esotéricas e ocultas que vêm dos Antigos e do Templo de Salomão, que estão refletidas nos templos com suas salas, rituais e símbolos cerimoniais.

A maçonaria não é uma religião, mas os maçons são unidos por uma crença em um poder mais elevado, com frequência designado como O Grande Arquiteto do Universo (The Great Architect of the Universe – TGAOTU). Abertas aos homens independentemente da sua religião, as lojas maçônicas eram, e ainda são, um local natural para eles se reunirem e buscarem respostas para as questões ocultas da existência. Quem me fez? O que vai acontecer quando eu morrer? Ou, como expressa Mal'akh nas páginas iniciais de *O Símbolo Perdido* e então repete: *O segredo é saber como morrer* (11). Nos tempos modernos, os maçons patrocinam e financiam muitas atividades e campanhas filantrópicas que têm melhorado as vidas de milhões. Então, surpreende alguém que nos Estados Unidos, um país baseado na liberdade e na liberdade religiosa, os maçons tenham desfrutado de tal popularidade?

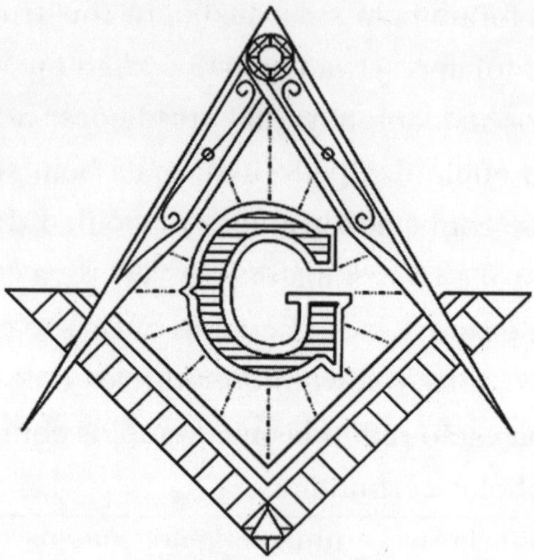

Símbolo maçônico.

No entanto, os maçons têm em geral praticado o silêncio com relação a seus críticos. O próprio fato de muitos serem membros, mas alguns não, e de as cerimônias de iniciação não serem abertas ao público, conduziu à publicação de uma quantidade enorme de informações incorretas e puras bobagens. E, de muitas maneiras, a simples coincidência é encarada como "causalidade", mesmo quando a mera associação de pessoas, lugares ou eventos não conduziria a uma conclusão de conspiração ou negócios secretos. Não obstante, algumas pessoas adoram as teorias da conspiração e essas teorias florescem quando permanecem não desafiadas. Esse é o destino dos maçons, e a importante contribuição de Brown pode ser abrir os olhos dos não maçons e encorajá-los a explorar em maior profundidade as crenças e tradições maçônicas. Langdon rejeita as "informações equivocadas sobre os maçons" que seus alunos, assim como os leitores de hoje, podem encontrar na Internet para informar suas "noções surpreendentemente distorcidas a respeito da irmandade" (34). Os leitores que decidem estudar e pesquisar mais esse tópico devem ser cautelosos ao avaliar as fontes e a veracidade das afirmações na inundação de informações a que serão expostos.

Links

ANTIMAÇONARIA: PONTOS DE VISTA
www.masonicinfo.com

TRABALHADORES DE PEDRAS: EXAME DA FRANCO-MAÇONARIA
www.freemasons-fremasonry.com

VÍDEO DO RITO DE YORK DA MAÇONARIA
www.youtube.com/watch?v=hwd_sCf_knA

28

Rituais e símbolos

A maçonaria é mística e esotérica porque ensina um sistema de moralidade que ela reveste de alegorias e ilustra com símbolos. Os símbolos e as alegorias são revelados no processo de iniciação para os três graus. Na jornada, um iniciado prossegue através dos estágios de Aprendiz Maçom para Companheiro Maçom e finalmente para Mestre Maçom. Todos os maçons passam por esses três graus, embora os diferentes ritos tenham graus avançados que podem variar em número dos 13 do Rito de York até os 33 do Rito Escocês. O percurso através dos vários graus é encarado como o movimento na direção da luz e do esclarecimento. Ao longo do caminho, o candidato toma consciência dos símbolos de cada grau e das histórias ou alegorias que contêm valiosas lições para uma vida virtuosa.

Brown descreve partes do ritual dos três estágios iniciais que Mal'akh segue no Prólogo: a perna esquerda da calça arregaçada até o joelho e a manga direita enrolada até o cotovelo, um pesado nó de corda pendendo do pescoço, a "atadura" (11). Segundo Brown, tudo isso é "real". Mas o mais notável ainda está por vir. Para fazer o juramento final, ele bebe vinho de um crânio e diz: "Que este vinho que agora bebo se transforme em veneno mortal para mim... caso algum dia eu descumpra meu juramento de forma consciente ou voluntária" (13). Langdon nos diz, assistindo a um vídeo do ritual, que esta é "A Quinta Libação", descrita por John Quincy Adams em suas *Cartas sobre a instituição maçônica* (419). No *website* de Brown, ele afirma que o ritual é realizado até hoje. Mas será que essa cerimônia – talvez a mais controvertida – é "real"? Isso lhe foi perguntado diretamente na entrevista da NBC:

> *Matt Lauer*: Um personagem está sendo elevado ao 33º grau do Rito Escocês. Trata-se de um ritual muito intenso. Ele bebe vinho, que representa o sangue, de um crânio. Quanto disso é fato e quanto disso é ficção?
>
> *Dan Brown*: Bem, esta é uma cerimônia real. A cerimônia está descrita com precisão. A ficção entra aí na questão de se ela ainda acontece neste momento da história nessa sala.

Arturo de Hoyos, o Grande Arquivista e Grande Historiador do Conselho Supremo do Rito Escocês, e ele

Símbolo do Rito Escocês.

próprio maçom do 33º grau, negou categoricamente os "fatos".

> *Arturo de Hoyos*: Uma das coisas erradas já aparece na primeira página. Não realizamos a cerimônia do 33º grau neste prédio. Não o conferimos à noite. Os candidatos ao grau estão vestidos da maneira errada. E a cerimônia está errada.

Brown se baseia em uma cerimônia descrita no passado para criar uma ficção ambientada nos dias atuais. O 33º grau do Rito Escocês é um grau honorário. É em geral concedido em reconhecimento a um grande serviço ou a uma extraordinária filantropia. Mas não há essa cerimônia de "crânio e sangue" praticada no Rito Escocês hoje, segundo um maçom que esclareceu muita coisa sobre o romance em seu *blog* – Mark Rivera-Koltko. Os antimaçons vão continuar a republicar, com frequência como se fosse novidade, os relatos da "Quinta Libação" descritos quase duzentos anos atrás.

Entretanto, Brown abre nossos olhos para as expressões e símbolos usados. Ele próprio disse que recorreu ao estudo da maçonaria de Albert Mackey. Outras fontes podem ter sido o famoso *Morals and Dogma*, de Albert Pike. Pode-se apenas esperar que, como bom professor, Brown tenha inspirado seus leitores a explorar por si mesmos parte da volumosa literatura disponível.

Há literalmente dúzias de símbolos relacionados à maçonaria, e aqui podemos mencionar apenas os poucos que são fundamentais para o romance. Vários símbolos dos maçons e de seus rituais são ricamente representados na Câmara de Reflexão que é ligada a cada loja, embora não haja uma no segundo subsolo do Capitólio. Elementos e símbolos da alquimia, remanescentes da nossa mortalidade, um crânio e ossos humanos, e a abreviação V. I. T. R. I. O. L. estão todos precisamente descritos por Brown. Ele também menciona os quadros quadriculados que contêm em símbolos a história dos três graus.

A sobrecapa da edição em língua inglesa na Europa traz o símbolo maçônico, o quadrado e o compasso, e a letra G. O quadrado e o compasso são, evidentemente, ferramentas dos primeiros maçons operativos. Mas também estão relacionados ao primeiro grau, Aprendiz Maçom. Esse ritual explica que "As três grandes luzes na Maçonaria são a Bíblia Sagrada, o Esquadro e o Compasso. A Bíblia Sagrada nos é dada como uma regra e um guia para nossa fé e prática; o Esquadro, para ajustar nossas ações, e o Compasso para nos manter nos devidos limites com toda a humanidade, mas mais especialmente com os irmãos. O 'G' representa Deus, a Divindade e a Geometria, a mais importante de todas as ciências".

A mão direita de Peter Solomon traz o anel do 33º grau da maçonaria. O elaborado selo do Rito Escocês está pressionado em cera na sobrecapa da edição americana e retrata uma águia de duas cabeças e uma coroa, um triângulo com o número 33 e a frase *ordo ab chao* (a ordem a partir do caos). A Águia de Duas Cabeças de Lagash também foi usada nos impérios Bizantino, Romano, Sagrado e Russo e ainda marca o brasão oficial da Federação Russa, assim como a de muitas outras nações. O triângulo é fundamental para a geometria, mas também é fundamental para a pirâmide, que remonta ao Egito, o berço do misticismo antigo que supostamente foi transmitido para Salomão.

Os números 3, 13 e 33 são todos importantes no reino maçônico. Um deus, 3 pessoas, a Trindade. Há 3 ritos de iniciação na maçonaria. Há 3 lados em um triângulo.

As 13 colônias americanas e os 13 estados originais estão bem representados no Grande Selo dos Estados Unidos. Há 13 folhas no ramo da oliveira, 13 linhas e faixas no escudo, 13 setas na garra direita da águia, 13 letras em *E Pluribus Unum*, 13 estrelas na crista acima, 13 níveis na pirâmide e 13 letras em *Annuit Coeptis* ("Ele tem favorecido nossos empreendimentos"). Há também 13 letras em *The Lost Symbol*. A águia tem 33 penas em sua asa esquerda. O Rito Escocês tem 33 graus. O Templo tem 33 pilares, e eles têm 33 pés de altura. Cristo foi crucificado com 33 anos. A espinha humana tem 33 vértebras. O livro foi publicado em 15/09/09 = 33. O Prólogo começa 33 minutos depois das 20 horas. *O Símbolo Perdido* tem 133 capítulos. "Na época de Pitágoras, seis séculos antes de Cristo, a tradição da numerologia alardeava o 33 como o mais elevado de todos os Números Mestres. Ele era o mais sagrado, o que simbolizava a Verdade Divina" (324). "Trinta e três – disse Katherine – é um número sagrado em muitas tradições místicas" (324). E como Brown chegou a isso na página 333 (da edição original) de seu livro? Humm, por isso este livro tem 33 chaves e 133 *links*!

Links

LITERATURA SOBRE A QUINTA LIBAÇÃO

www.indianafreemasons.com/imoanti/isittrue/chap5.htm

MEMENTO-MORI

www.freemasons-freemasonry.com/skull-bones.html

INICIAÇÃO AO 33º GRAU

www.conspiracyarchive.com/NWO/33rd_Initiation.htm

ALBERT MACKEY, *THE ENCYCLOPEDIA OF FREEMASONRY*

www.phoenixmasonry.org/mackeys_encyclopedia

ALBERT PIKE, *MORALS AND DOGMA*

www.fremasons-freemasonry.com/apikefr.html

INVESTIGANDO OS QUADROS

www.freemasons-freemasonry.com/TBs.html

MARK KOLTKO-RIVERA, DESCOBRINDO O *BLOG* DE *O SÍMBOLO PERDIDO*

lostsymboltweets.blogspot.com

29

Os Pais Fundadores

Sempre professor, Langdon decide familiarizar seus alunos com o papel histórico dos maçons no projeto e na arquitetura de Washington, D.C., e em sua simbólica presença em nossas vidas até o presente. Estes já não são tão secretos, visto estarem à disposição do público para ser vistos por todos, mas são aspectos pouco conhecidos ou desconhecidos de pessoas e locais familiares. A trajetória em turbilhão através do romance é, para o leitor, semelhante à busca maçônica por esclarecimento que se torna transformativa. Os americanos reconhecem a expressão e consideram como "Pais Fundadores" aqueles líderes dos livros de história que participaram dos eventos que culminaram na Revolução Americana: a assinatura da Declaração de Independência em 4 de julho de 1776; a guerra com a Inglaterra, de 1775 a 1783; o Tratado de Paz de Paris, seguido pelo esboço e a ratificação da Constituição estabelecendo os Estados Unidos da América; a eleição de George Washington em 1789 como o primeiro presiden-

George Washington lançando a pedra fundamental do Capitólio.

te e a construção de Washington como a capital da nova nação. Esses nomes são familiares às crianças que estão na escola, mas quantos deles eram maçons e, mais importante, esses membros da maçonaria desempenharam um papel decisivo na fundação da Nova República?

Um dos primeiros maçons americanos foi Benjamin Franklin, que reeditou *The Constitutions of the Freemasons*. Franklin foi ativo nas lojas maçônicas da Filadélfia e foi um dos redatores da Declaração de Independência. Cosmopolita, cidadão do mundo, passou vários anos em Londres e mais tarde em Paris. Era inteligente, ilustrado e escrevia muito. Muitos americanos podem não estar familiarizados com a extensão de seus escritos, mas a maioria conhece suas frases, como "Deus ajuda aqueles que se ajudam". Franklin estava presente nas discussões sobre o planejamento do Capitólio dos Estados Unidos e foi fundamental no projeto do Grande Selo dos Estados Unidos. Sua imagem aparece na nota americana de cem dólares. Mas ele era um conspirador maçônico?

George Washington foi um militar condecorado do Exército Colonial quando os Estados Unidos estavam sob o controle britânico. Como comandante em chefe, ele derrotaria os britânicos, abrindo as portas para a verdadeira independência americana. Eleito o primeiro presidente dos Estados Unidos, foi quem contratou as pessoas responsáveis pela criação do Distrito de Colúmbia. O local selecionado ficava na terra não distante de sua amada propriedade de Monte Vernon, na Virgínia, e traria seu nome. Washington aparece em *O Símbolo Perdido* e está artisticamente representado na pintura *A apoteose* e no busto de Greenough. Sua participação no lançamento da pedra fundamental do Capitólio está apresentada em um quadro visto por Langdon. Também há o Monumento, o martelo e a colher de pedreiro de Washington. O legado vivo do nosso primeiro presidente está comemorado no Memorial Maçônico a George Washington, que, embora sirva apenas como uma atração no livro, vale a pena ser visitado.

Há um laço não tão mencionado entre o primeiro e os subsequentes presidentes americanos. Prestes a fazer seu juramento em 1789, Washington solicitou uma Bíblia para fazer sobre ela seu juramento no cargo, mas não havia nenhuma. O general Jacob Morton, comandante da tropa do dia, pegou então a Bíblia da Loja Maçônica São João. Conhecida desde então como a "Bíblia de Washington", ela estava presente no lançamento da pedra fundamental do prédio do Capitólio dos Estados Unidos e na inauguração do Monumento a Washington. No século XX, quatro presidentes americanos usaram a Bíblia de Washington em suas posses: Warren G. Harding, Dwight D. Eisenhower, Jimmy Carter e George H. W. Bush.

Quantos Pais Fundadores eram maçons? Os maçons e as lojas ofereciam uma oportunidade para homens com ideias afins se reunirem longe do escrutínio público, de maneira parecida com as organizações fraternais de hoje, que atraem um grande número de pessoas. Portanto, era bastante natural que indivíduos livres-pensadores, liberais e inteligentes congregassem uns com os outros. Nove dos 56 signatários da Declaração de Independência eram maçons. Eles incluíam John Hancock, famoso por sua assinatura (a primeira e escrita em letras enormes) no documento e pela lenda segundo a qual ele disse: "Aí está, imagino que assim o rei George conseguirá ler isso!". Treze dos 33 (uma perfeita coincidência maçônica) signatários da Constituição eram maçons, incluindo Franklin e Washington. Encontrava-se também entre eles Daniel Carroll, de Maryland, que estava presente no lançamento da pedra fundamental do Capitólio. Até mesmo Dan Brown ficou surpreso ao descobrir que John Langdon, de New Hampshire, foi um dos signatários, embora não fosse maçom. Trinta e três (esse número novamente) dos 74 generais do Exército Continental eram maçons, incluindo o general de Lafayette, da França, e o general Frederick von Steuben, da Prússia. Outros americanos famosos eram Paul Revere, Ethan Allen, John Paul Jonas e Thomas Paine.

Mas qual era a conspiração? A criação de uma Nova Ordem, baseada em um respeito pelas liberdades humanas e pela liberdade religiosa? Uma tentativa de inserir na nova nação um sistema de crenças e moralidade – "Uma nação comandada por Deus, indivisível, com liberdade e justiça para todos"? Isto constitui uma conspiração de duzentos anos que alguns encaram como diabólica e outros como a dominação de alguns poucos de uma sociedade secreta? É impossível provar que não tenha existido essa conspiração, mas as mentes mais razoáveis vão reconhecer e rejeitar essas declarações como sem fundamento. Mas o livro de Dan Brown certamente vai provocar um novo interesse em muitas dessas ideias.

Na época da Revolução Americana e durante o primeiro quarto do século XIX, a maçonaria floresceu nos Estados Unidos. Mas um incidente causou um dano duradouro: o chamado "Caso Morgan". Em 1825, William Morgan ameaçou publicar um livro revelando todos os segredos dos rituais maçônicos. Há a ameaça na iniciação maçônica citada em *O Símbolo Perdido* de que qualquer um que divulgue os segredos terá a "*garganta cortada de orelha a orelha... língua arrancada pela raiz... entranhas removidas e queimadas... espalhadas aos quatro ventos... coração retirado do peito e jogado aos animais selvagens*" (13). Morgan foi preso e depois solto, mas desapareceu e correu o boato de que ele fora assassinado por maçons. Em parte, isto instigou um movimento antimaçônico e até mesmo um Partido Político Antimaçônico, que apoiou o presidente John Quincy Adams. Os maçons só emergiriam completamente dessa nuvem de suspeita após a Guerra Civil. Uma nota de rodapé para o caso é que a viúva de Morgan tornou-se uma das esposas de Joseph Smith, Jr., fundador da Igreja de Jesus Cristo dos Santos dos Últimos Dias (Mórmons), que consta ter proferido a frase "Não há esperança para o filho da viúva" pouco antes de ter sido assassinado.

Links

AS FUNDAÇÕES MAÇÔNICAS DOS ESTADOS UNIDOS
watch.pair.com/mason.htm#fathers

WILLIAM MORGAN, *THE MYSTERIES OF FREE MASONRY*
www.gutenberg.org/files/18136/18136-h/18136-h.htm

30

Os maçons no poder

"Este vídeo vai gerar o caos" (420). Em *O Símbolo Perdido*, a ameaça à República é que alguns formuladores de políticas em Washington serão identificados como maçons e sua participação em rituais maçônicos potencialmente constrangedores serão amplamente divulgados. Além disso, um vídeo documentando os rituais maçônicos secretos estará ao alcance do público. Esse é o motivo de a CIA se envolver em um encobrimento maciço! A lista ficcional italizada é impressiva: "Dois juízes da Suprema Corte... O Secretário de Defesa... O presidente da Câmara... Três importantes senadores... incluindo o líder da maioria no Senado... O secretário de Segurança Nacional... e... o diretor da CIA" (419). Não obstante os itálicos do original, esse grupo é digno de nota. Mas até que ponto os maçons são poderosos e onipresentes hoje?

Catorze dos 24 presidentes dos Estados Unidos eram maçons: George Washington, James Monroe, Andrew Jackson, James Knox Polk, James Buchanan, Andrew Johnson,

James Garfield, William McKinley, Theodore Roosevelt, William Howard Taft, Warren G. Harding, Franklin Delano Roosevelt, Harry S. Truman e Gerald R. Ford. Quarenta dos pouco mais de cem ministros da Suprema Corte eram maçons, mas nenhum dos atuais foi identificado como pertencente à maçonaria. Sem dúvida, há maçons entre os senadores, deputados, oficiais de gabinete e governadores, mas não encontrei nenhuma lista exaustiva.

É inquestionável que os maçons participaram, e continuam a participar, do serviço público, e que até havia inúmeros maçons envolvidos na arquitetura e no planejamento da cidade de Washington. O lançamento ritual das pedras fundamentais dos prédios e monumentos históricos também atraiu maçons – desde a Casa Branca e o Capitólio até o Monumento a Washington, o Memorial de Jefferson e a Casa do Templo. Até mesmo não maçons utilizaram uma Bíblia Maçônica em suas posses, incluindo George H. W. Bush.

Um exemplo frequentemente citado da influência maçônica é o Grande Selo da cédula de um dólar americano aprovado por Franklin (Ben Franklin de novo?) D. Roosevelt em 1935, embora a frase "Confiamos em Deus" em todas as cédulas e moeda corrente só tenha sido aprovada em 1955. Dan Brown faz o truque de salão de revelar as letras MASON no Grande Selo em nossa cédula de um dólar e apresenta um comentário sobre a pirâmide inacabada. A questão também é mencionada em *Anjos e demônios*.

Mas dúzias de outros autores já escreveram sobre isto, incluindo Manly P. Hall e David Ovason.

Inoue Sato (nuances do senador Dan Inouye, do Havaí) é bem-sucedida na proteção dos segredos maçônicos. Mas a maioria dos americanos pode ficar surpreendida em saber que Buzz Aldrin, que trouxe uma pedra da Lua para a Catedral Nacional, também presenteou a Casa do Templo com uma bandeira que tremulou na Lua. A Casa do Templo exibiu durante certo tempo uma réplica do gabinete de J. Edgar Hoover, com sua escrivaninha, tapete e a Bíblia Maçônica. Hoover, agora quase esquecido, foi uma

Pirâmide com o olho que tudo vê na cédula de um dólar.

das figuras washingtonianas mais poderosas do século XX, como diretor do FBI de 1933 até sua morte, em 1970.

Links

MAÇONS FAMOSOS
www.calodges.org/no406/FAMASONS.HTM

"EM BUSCA DOS FRANCO-MAÇONS DA COLINA"
www.politico.com/news/stories/0909/27639.html

COMO O GRANDE SELO CHEGOU À CÉDULA DO DÓLAR
www.greatseal.com/dollar/hawfdr.html

VII

Os ensinamentos secretos de todos os tempos

Dan Brown usou seus romances anteriores para familiarizar os leitores com os illuminati, os rosa-cruzes, o Priorado de Sião, os cavaleiros templários, a Opus Dei, e artistas e cientistas desde Bernini até Leonardo da Vinci. Nada disso estava oculto, secreto ou escondido. Quem quiser descobrir os chamados Segredos dos Antigos precisa apenas se dirigir à biblioteca mais próxima, à enciclopédia ou, atualmente, à Wikipédia. A maior contribuição de Brown pode ser sua habilidade para identificar para seus leitores aspectos curiosos de nossa herança humana coletiva e revelá-los de forma nova à nossa geração. Pelo menos nos últimos quinhentos anos, os homens têm pesquisado os registros históricos escritos que os precederam para buscar respostas à questão da nossa mortalidade. A invenção da imprensa escrita coincidiu em grande parte com um interesse europeu renovado nas culturas da Grécia e da Roma antigas, e em um novo questionamento da autoridade, conduzindo à Reforma Protestante ou a revoluções que desafiaram o poder da Igreja Católica Romana. Tudo isso encontra ressonância em um novo conjunto de buscas e respostas baseadas em textos anteriores. Brown é bem versado nessa tradição, mas, diferentemente de *O código Da Vinci*, para o qual realmente publicou uma bibliografia, em *O Símbolo Perdido* ele simplesmente alude a algumas dúzias de indivíduos ou tradições.

O livro se inicia com a epígrafe: "Viver no mundo sem tomar consciência do significado do mundo é como vagar por uma imensa biblioteca sem tocar os livros" (*Os ensinamentos secretos de todos os tempos*). Brown não identifica o autor desse texto clássico de 1928, uma tentativa de Manly P. Hall de reunir dentro de um invólucro uma descrição do pensamento esotérico desde o início da história registrada. Vamos retornar a esse livro, mas está claro que Brown está familiarizado com ele e com outros escritos de Hall. O mais notável é que aqui também os "ensinamentos secretos" não são todos tão secretos. Mas estão fora dos limites das crenças e princípios religiosos tradicionais da tradição judaico-cristã. Como esses textos foram em grande parte ignorados, ou em alguns casos proibidos, a maioria dos ocidentais vai considerá-los tão novos hoje quanto os considerou a audiência de Hall na década de 1920.

A diferença é que hoje esses mistérios estão sendo expostos a milhões de pessoas em um número extraordinário de volumes, ao passo que alguns desses textos anteriores tiveram muito menos exposição. Além do trabalho de Hall, Albert Pike, Grão-Mestre do 33º Grau do Rito Escocês dos maçons, escreveu um compêndio lendário, *Morals and Dogma*, que citava centenas de nomes que se estendiam até a civilização egípcia mais antiga e as civilizações clássicas.

Os leitores interessados podem fazer sua própria lista, é claro, e vamos tentar examinar em alguns detalhes as especificidades da Idade Média através do Colégio Invisível, da tradição hermética, juntamente com a contribuição de Hall para os Antigos Mistérios, e finalmente da Bíblia. Muitos dos escritos fundamentais estão disponíveis no Arquivo de Textos Sagrados da Internet.

Links

ARQUIVO DOS TEXTOS SAGRADOS DA INTERNET
www.sacred-texts.com

31

"O Colégio Invisível"

O Colégio Invisível está entre as organizações que Brown lista sob seu título "Fatos" como uma que existe. Pode-se questionar o uso do tempo presente do verbo existir. O histórico Colégio Invisível é considerado o legítimo local de nascimento da Real Sociedade Britânica, como está relatado por Robert Lomas em seu livro *The Invisible College: The Royal Society, Freemasonary and the Birth of Modern Science* [O Colégio Invisível: a Sociedade Real, a maçonaria e o nascimento da ciência moderna] (2002). Na década de 1640, um grupo de filósofos-cientistas se reuniu para discutir, entre outros, os escritos de *Sir* Francis Bacon. Esse grupo informal incluía Christopher Wren, o arquiteto da Catedral de São Paulo em Londres, e Robert Boyle, conhecido pela lei de Boyle sobre a relação entre a temperatura e o volume dos gases. Em 1662, ele iria se tornar a Sociedade Real, uma organização que continua a existir até hoje em Londres. Um dos membros e presidentes dessa organização no século XVIII foi *Sir* Isaac Newton, que é citado depois que o quadrado mágico de Dürer é decodificado em *O Símbolo Perdido.*

Segundo Langdon, as Escolas dos Antigos Mistérios do Egito transmitiram conhecimentos através dos séculos que, por fim, "foram confiados a um grupo de elite de cientistas" (134). Ele então recorre apressadamente à história para fundir a Real Sociedade e o Colégio Invisível e lista entre seus membros Isaac Newton, Francis Bacon, Robert Boyle e até mesmo Benjamin Franklin. Os "membros" modernos incluem Einstein, Hawking, Bohr e Celsius (134). De início, o olhar de Langdon parece desatento ao tempo. Bacon morreu em 1626, Boyle em 1691. Newton só nasceu depois que Bacon morreu, e ele morreu em 1727, quando Franklin tinha apenas 21 anos, embora tenha ido a Londres quando tinha dezessete. Albert Einstein, Stephen Hawking e Niels Bohr foram todos físicos do século XX, mas Anders Celsius (1701-1744) foi um contemporâneo de Newton e Franklin no século XVIII. A menção de seu nome fora de ordem pode ser importante. Será que a associação de sua famosa escala de temperatura indica uma pista oculta relacionada à Escala de Newton, em que o ponto de fervura é 33 graus?

Apesar dos comentários de Langdon, não há indicação de que o "Colégio Invisível", termo aparentemente utilizado pela primeira vez por Boyle em uma carta, continuasse a existir externa, ou paralelamente, à Real So-

Sir Francis Bacon.

Sir Isaac Newton.

ciedade. Qualquer grupo de indivíduos que se reúne para trocar informações, para se engajar na vida da mente, pode decidir se denominar de "colégio invisível". A Internet revela que alguns já fizeram isso.

Brown provavelmente está mais interessado nas conexões desses indivíduos com a tradição oculta ou esotérica, que são muitas. *Sir* Francis Bacon (1561-1626), estadista, cientista e filósofo, enunciou o chamado método baconiano ou científico em seu *Novum Organum*, em 1620. Ele também foi, em grande parte, responsável pela edição da famosa Bíblia do rei James, a tradução inglesa ainda amplamente encarada como uma obra-prima da língua. Também foi autor de *A Nova Atlântida*, que introduziu um

Estado utópico que alguns declararam ter estabelecido as bases para uma união mais perfeita e que influenciou os Pais Fundadores dos Estados Unidos: "a visão utópica que os Pais Fundadores dos Estados Unidos tinham supostamente usado como modelo para um novo mundo baseado no saber antigo" (269). Coincidentemente, o instituto educacional ou colégio dessa ilha fictícia é chamado de Casa de Salomão. Bacon também apoiou o estabelecimento de colônias nas Américas.

É ai que o fato histórico termina e começa a especulação. Alguns têm argumentado que Bacon foi o real autor das obras de Shakespeare. Outros o identificam como um rosa-cruz. No romance, Dean Galloway reforça a lenda de que Bacon pode ter sido o rosa-cruz Christian Morgenstern (314). Outros ainda declararam que ele não morreu em 1626, mas simplesmente desapareceu e se mudou para o continente europeu. Um grupo o proclama como um dos Mestres Ascensionados, um guardião dos Mistérios Secretos. Langdon declara que Bacon foi um rosa-cruz que escreveu *A sabedoria dos antigos* (470). Manly Hall conecta explicitamente Bacon às origens da maçonaria moderna:

> *Sir* Francis Bacon foi um elo naquela grande cadeia de mentes que perpetuaram a doutrina sagrada da Antiguidade desde seus primórdios. Esta doutrina secreta está oculta em seus escritos codificados. (*Ensinamentos secretos*, 549)

Vemos uma razão a mais para o fascínio de Brown por Bacon: a conexão com seus códigos, incluindo o código baconiano, que apareceu em *O código Da Vinci*. Tudo isto é especulação relacionada ao fato de Bacon ter sido rejeitado pela maioria dos historiadores respeitados dos maçons, que simplesmente não o aceitavam como um fato demonstrável. Mas a ficção prevalece.

Há uma linha conectando Bacon e Isaac Newton. Thomas Jefferson os considerava dois dos três homens mais brilhantes de todos os tempos. Langdon chama Newton de "um alquimista, um membro da Real Sociedade de Londres, um rosa-cruz" (324). *Sir* Isaac Newton era o presidente da Real Sociedade e Langdon compara seu impacto ao de Albert Einstein. Mas seus escritos também revelam um interesse na alquimia, na religião e na filosofia. Como Bacon, Newton realizou um trabalho extensivo sobre a Bíblia, incluindo uma interpretação do complexo Livro das Revelações, o Apocalipse, que é mencionado em *O Símbolo Perdido*.

Bacon, Newton e Franklin viveram em um mundo bem menos complicado, em que a sabedoria impressa reunida ainda tinha um tamanho e um escopo razoável para os homens inteligentes examinarem e dominarem. A distinção entre o acadêmico e o cientista ainda não havia sido estabelecida. Um homem sábio conhecia muita coisa sobre muitos temas. Os textos espirituais e científicos adornavam uma mesma estante de livros. No século XX, a divisão já havia ocorrido tanto na quantidade de material quanto na necessidade de especialização para dominar uma disciplina. Por isso, é ainda mais surpreendente para muitos que o brilhante físico Albert Einstein estivesse interessado em questões espirituais e tenha vários comentários publicados sobre o místico. A crença de que é preciso haver uma reconciliação dos ramos do conhecimento é um tema importante do romance expressado na busca de Katherine Solomon "de usar a ciência avançada para redescobrir a sabedoria perdida dos antigos" (66).

Links

HISTÓRIA DA REAL SOCIEDADE
royalsociety.org/page.asp?id=2176

32

A tradição hermética e Manly Hall

Matt Lauer comentou no *NBC Dateline*: "Vocês podem achar que os símbolos vêm da mente distorcida de Mal'akh. Mas eles vêm de um livro misterioso chamado *O ensinamento secreto de todos os tempos*, um dos preferidos do criador de Mal'akh, Dan Brown". Brown replicou: "E esse é realmente um livro fundamental para muita coisa que eu pesquiso e muita coisa em que acredito". Katherine evoca também Newton, depois Ptolomeu, Pitágoras e "Hermes Trismegistus. *Ninguém mais lê essas coisas*" (63). Anteriormente, Langdon havia ouvido as palavras de Mal'akh que ecoam "um antigo adágio hermético [...] Assim em cima como embaixo" (47). A frase está devidamente escrita nas costas da sobrecapa. *O Símbolo Perdido* está repleto de conceitos conhecidos como hermetismo. Hermes Trismegistus (Três Vezes Grande) incorpora uma combinação do deus grego Hermes e do Toth egípcio, duas tradições unidas em uma. Na Idade Média e na Renascença, essa figura ganha popularidade, em parte por causa da publicação de *A Tábua de Esmeralda*, com uma edição preparada em inglês por *Sir* Isaac Newton. Supõe-se que o documento guarda um segredo da alquimia, a chave para a transformação – e a afirmação de que "Aquilo que está embaixo é como aquilo que está em cima, e que aquilo que está em cima é como aquilo que está embaixo, para fazer dos milagres uma coisa única". Esse conceito de transformação também atraiu Manly Hall, que dedicou todo um capítulo ao hermetismo, que pode basicamente ser resumido como uma alternativa às abordagens religiosas tradicionais da salvação e da vida após a morte. Para o hermetista, o segredo é a Chave para a Imortalidade inscrita em *O livro de Toth* e confiada ao Mestre dos Mistérios. O *Corpus Hermeticum,* que foi traduzido para o inglês já em 1650, proclama: "Pois é possível, meu filho, que a alma de um homem deve ser feita à semelhança de Deus, embora ainda esteja em um corpo, se ela contemplar a Beleza do Bem". Essa citação corresponde à filosofia de vida enunciada por Peter Solomon a Langdon. E esse mesmo texto hermético fundamental fala da luz e da palavra, duas imagens recorrentes em *O Símbolo Perdido*: "da Luz [...] uma Palavra Sagrada (*Logos*) desceu sobre essa Natureza".

O raciocínio é essencialmente circular. *O Símbolo Perdido* ou a sua busca visa encontrar a Palavra, a Palavra Perdida. Mas, quando a Palavra é descoberta, ela é apenas um símbolo para outra Palavra. "Robert, a Palavra Perdida não é uma 'palavra' [...] Nós só a chamamos de 'Palavra' ou 'Verbo', porque era assim que os antigos a chamavam... no princípio" (467).

Talvez ninguém no século XX tenha contribuído mais para o estudo da Palavra esotérica, para a chave para encontrá-la, do que Manly Palmer Hall. Nascido em 1901, ele foi um prolífico autor e místico americano. Talvez seja mais famoso por sua obra de 1928, *O ensinamento secreto de todos os tempos: um esboço enciclopédico da filosofia simbólica maçônica, hermética, cabalística e rosacruciana*. Esse é o livro que Brown cita em seu epílogo, e seu conteúdo constitui a base para a Mão dos Mistérios e até mesmo para os principais temas do esclarecimento e da apoteose humanos. Hall reeditou e escreveu a introdução para *A Nova Atlântida*, de Bacon. Também publicou mais de 150 livros, incluindo *As chaves perdidas da maçonaria, O segredo de Hiram Abiff* e *O destino secreto da América*. Foi o fundador da Sociedade de Pesquisa Filosófica, que continua atualmente seu trabalho. Sua própria definição da filosofia e de sua missão era "estabelecer a relação das coisas manifestadas com sua causa ou natureza fundamental invisível". Há pouca dúvida de que Hall tenha servido como fonte fundamental para grande parte do livro de Dan Brown, desde os temas da transformação e do esclarecimento até as figuras históricas e o rico simbolismo. É bastante provável que *O Símbolo Perdido* crie um interesse renovado pela vida e pelo trabalho de Hall.

Trismegistus.

Links

"A TÁBUA DE ESMERALDA"
www.sacred-texts.com/alc/emerald.htm

MANLY P. HALL, *OS ENSINAMENTOS SECRETOS DE TODOS OS TEMPOS*
www.sacred-texts.com/eso/sta

MITCH HOROWITZ, "O INESCRUTÁVEL MANLY P. HALL"
www.mitchhorowitz.com/manly-p-hall.html

CORPUS HERMETICUM
sacred-texts.com/gno/th202.htm

33

A Bíblia

"*Robert, dentro da pedra angular deste monumento, nossos pais fundadores guardaram um único exemplar da Palavra – a Bíblia –, que aguarda na escuridão ao pé desta escada*" (469). Como tantas surpresas do romance, esta foi insinuada como tal muito antes. Ao entrar na Biblioteca do Congresso, Langdon passa pelo estojo que exibe a Bíblia Gigante de Mainz, um dos três originais existentes das bíblias de Gutenberg (186). A faca da *Akedah*, tanto nos rituais maçônicos quanto no jogo misterioso planejado por Mal'akh, pretende reencenar a cena bíblica do "*mais augusto presente já oferecido a Deus... a submissão de Abraão ao Ser Supremo ao ofertar Isaac, seu primogênito*" (427). O Livro do Gênesis 22 narra o sacrifício de Abrão, que foi renomeado de Abraão pelo próprio Deus. A história inspira Zachary, renomeado de Mal'akh, para obrigar seu próprio pai, Peter, a transformá-lo em um cordeiro sacrificial. O pacto entre Deus e Abraão, a promessa do pai em relação ao filho, é distorcida na mente malévola de Zachary/Mal'akh/Abaddon. O Pacto do Velho Testamento dá lugar ao novo: "*No princípio era o Verbo*" (467). Desconfio que Brown espera que seus leitores se lembrem, ou procurem, o restante da passagem do Evangelho de João 1:

> e o Verbo estava com Deus, e o Verbo era Deus. Ele estava no princípio com Deus. Todas as coisas foram feitas por intermédio dele, e sem ele nada do que foi feito se fez. Nele estava a vida, e a vida era a luz dos homens; a luz resplandece nas trevas, e as trevas não prevaleceram contra ela.

O segredo fundamental, a Palavra, escondida e agora descoberta, é a Bíblia Maçônica enterrada na pedra angular do Monumento a Washington em 1848. A Bíblia Maçônica combina o Velho e o Novo Testamentos, juntamente com os fatos sobre a maçonaria que em si se baseia muito em várias tradições enquanto remonta suas origens ao Templo de Salomão. Talvez a partir de Dostoiévski, que em *O Símbolo Perdido* é rejeitado como material de leitura para a elite em Yale, nenhum autor tenha inserido em seu texto tantas referências bíblicas explícitas. Do Livro do Gênesis e a criação do mundo, encontramos a escolha dos judeus como o povo escolhido por Deus. Peter Solomon pega uma faca para matar seu filho antes de uma intervenção milagrosa. Os Solomon, pai e filho, incorporam ricamente as associações simbólicas do Velho e do Novo Testamentos: do rei Salomão e do Templo de Salomão, da fundação da lenda maçônica moderna, ao apóstolo Pedro em Roma e em *Anjos e demônios*, à Praça e à Basílica de São Pedro, e ao papa, que guarda as Chaves de Pedro. O anjo Gabriel aparece para Zachary (Zacarias) para anunciar o nascimento de um filho, e esse filho, João Batista, vai anunciar a chegada de Jesus Cristo.

A Bíblia há séculos tem interessado os estudiosos, e as páginas finais do romance nos recordam a obra de Francis

A Bíblia Maçônica.

Bacon, Isaac Newton, Benjamin Franklin e Thomas Jefferson, não apenas o autor da Declaração de Independência, mas também da Bíblia de Jefferson, que buscava encontrar um campo comum e eliminar os "aspectos sobrenaturais" e os "milagres" de Cristo.

Tudo isso nos leva de volta à citação de abertura de *Os ensinamentos secretos*. Mal'akh acredita: "*O segredo é saber como morrer*". A frase é repetida duas vezes mais para o três simbólico dos encantamentos religiosos – a trindade. Na verdade, o segredo não é tanto saber como morrer, mas como transcender à morte. Em João 11:25, lemos: "Jesus disse a Marta: Eu sou a ressurreição e a vida: quem crê em mim, ainda que morra, viverá". O milagre da cura de Lázaro é para os cristãos a indicação mais clara de que a morte é apenas um início, um portal para a vida eterna. *A apoteose* é vista como simbólica, não da ressurreição de Cristo, mas da ascensão ao céu de um mortal, George Washington, para estar junto com os deuses.

As páginas finais do romance tentam unir tudo. Os Antigos Mistérios e a Bíblia são a mesma coisa (471). Tudo está unido no "*Circumponto. O símbolo da Fonte. A origem de todas as coisas*" (440). O símbolo de um Único Deus. "E PLURIBUS UNUM. *De muitos, um só*" (485). O romance, seus personagens e nós, leitores, estivemos todos em um caminho que conduz à transformação e à iluminação, ao esclarecimento da mente humana. A resolução ou revelação é que eleva a mente humana acima de todo o resto. *O Símbolo Perdido* é uma nova tentativa de seguir os passos dos antigos e dos homens sábios através da história para reconciliar ciência e religião na mente (nosso templo) e ao mesmo tempo reunir a mente e a alma para encontrar a união. "Deus é o símbolo que todos compartilhamos... o símbolo de todos os mistérios da vida que não somos capazes de compreender. Os antigos louvavam a Deus como símbolo de nosso potencial humano ilimitado, porém esse símbolo antigo tinha se perdido com o tempo. Até agora" (488-489).

Todas as grandes verdades são simples (440).

Links

BÍBLIA DE JEFFERSON

www.angelfire.com/co/JeffersonBible

A BÍBLIA

www.bible.com

Fontes e recursos

Desde que li *O código Da Vinci*, fiquei intrigado pelos "fatos" que Dan Brown apresenta em suas obras. Depois de ler suas primeiras obras, decidi oferecer um curso no Middlebury College para os alunos do primeiro ano, destinado a introduzi-los ao trabalho de um acadêmico e à vida da mente via os "fatos" de Dan Brown. A história mostra que algumas obras de ficção foram mal entendidas, mal construídas e, em alguns casos, indevidamente usadas (talvez mais notoriamente *Os protocolos dos sábios de Sião*). Acho que um desafio da educação no século XXI será extrair sentido da inundação de informações, a maior parte delas na Internet, e separar o fato da ficção. O romance de Brown oferecia um ingresso irresistível e divertido para o mundo da pesquisa e para a avaliação das informações. No outono de 2004, os alunos de meu curso, inspirados por *Depth and Details: a Reader's Guide to Dan Brown's The Da Vinci Code,* de Betsy Eble, prepararam e editaram um *site* para explorar e explicar todos esses aspectos do livro e o publicaram eletronicamente: *The Keys to The Da Vinci Code*.

Na primavera de 2005, comecei, junto com alguns outros, a prever o romance seguinte de Dan Brown. Muito antes do anúncio real da data de publicação em 15 de setembro de 2009, a especulação entre alguns escritores e pesquisadores se concentrava em alguns palpites. O comentário na sobrecapa de *O código Da Vinci* (2003) continha uma série de letras em negrito que, quando reunidas, formavam a frase: "Não há esperança para o filho da viúva". Essa expressão foi identificada como um grito de dor usado pelos maçons e também o tema de uma palestra de 1973 oferecida pelo dr. Reed C. Durham, Jr., dizendo que Joseph Smith, o pai fundador da Igreja de Jesus Cristo dos Santos dos Últimos Dias (Mórmons), tentou proferir esse pedido de socorro pouco antes de ter sido assassinado [www.cephasministry.com/mórmon_is_there_no_help.html].

O próprio Brown declarou certa ocasião que estava trabalhando em outro romance envolvendo seu herói, Robert Langdon, que seria "profundamente ambientado [...] na enigmática fraternidade dos maçons". (A citação, a resposta a uma pergunta, estava na página original do *site* danbrown.com, que em seguida foi removida.) O título da obra, *A chave de Salomão*, surgiu em 2004: "o título, que será *A chave de Salomão*, uma novidade anunciada pelo editor de Brown, Stephen Rubin, escapou em um almoço ontem com repórteres que cobrem a indústria de livros" [www.nytimes.com/2004/10/28/bookis/28brow.html].

Essa pequena descoberta encontrou seu caminho em vários livros que tentavam prever o conteúdo do próximo romance, originalmente esperado para 2005.

Esperando ter outro tema para um curso, também comecei a ler a literatura disponível. Houve três esforços que valeram a pena. O primeiro foi *"The Solomon Key" and Beyond: Digital Fortress, Angels & Demons, Deception Point, The Da Vinci Code, and more...* (2005), de W. Frederick Zimmerman. Esse livro, como indica o título, olhava mais para trás do que para a frente.

David A. Shugarts e Dan Burstein publicaram *Os segredos do filho da viúva* (2005). Burstein já havia editado um extremamente bem-sucedido *Os segredos do Código* (2004) e *Os segredos de Anjos e demônios*, mais tarde reeditado como *Inside Angels & Demons*. David Shugarts era um colaborador de ambos, e se especializa em documentar acuradamente os "fatos" e revelar a ficção que está por trás deles. No livro *Os segredos do filho da viúva*, Shugarts examinou os maçons e as conexões com "Os Pais Fundadores", a geografia física de Washington, D.C., a história de sua construção como a capital do país, e os códigos e cifras que são abundantes nos romances de Brown.

Finalmente, houve um esforço tripartido por parte de Greg Taylor, que reinventou títulos, se não conteúdo, baseados no suposto título do romance. Seu primeiro livro intitulava-se *Da Vinci in America: Unlocking the Secrets of Dan Brown's Solomon Key* (2004). Este foi renomeado como simplesmente: *The Guide to Dan Brown's The Solomon Key* (2005). Mais recentemente, surgiu como um livro eletrônico intitulado *The Guide to Dan Brown's The Lost Simbol* (Kindle Edition, 2009). Taylor sem dúvida dedicou mais tempo e energia do que qualquer outro a *The Solomon Key*, na verdade *O Símbolo Perdido*, nos últimos cinco anos. Ele mantém uma presença ativa na *web* tanto em www.dailygrail.com quanto em www.cryptex.com.

Um dos mais recentes seguidores do fenômeno de Brown e uma das melhores análises foi realizada por Mark E. Koltko-Rivera, autor de *Freemasonry: an Introduction* (2007). Nos estágios iniciais dos *tweets*, para muitas das pistas apresentadas no Twitter que se assemelhavam àquelas do Facebook contendo códigos, pistas e imagens em busca de decodificação, Koltko-Rivera apresentou soluções sérias, ponderadas e bem documentadas. Depois ele reconsiderou e, em 13 de julho de 2009, preocupado de que outros pudessem usar ou se apropriar da sua pesquisa, parou de colocar informações no Twitter. Recentemente, reapareceu em um *blog* que não comenta sobre tudo, mas sobre muita coisa. Suas respostas valem uma visita: lostsymbol-tweets.blogspot.com.

Baseado em parte de minha própria pesquisa inicial, fui até Washington, D.C., em várias ocasiões nos últimos quatro anos para pesquisar na Biblioteca do Congresso, visitar o Capitólio e o Monumento a Washington, e a Casa do Templo em Washington, assim como o Memorial Maçônico a George Washington em Alexandria. Fiz visitas pessoais maravilhosas e imergi nos escritos sobre a maçonaria. Também estudei extensivamente a literatura que envolvia a fundação da cidade de Washington, as imagens maçônicas, os mórmons, as obras de *Sir* Francis Bacon, Manly Hall, Albert Pike e dezenas de outros.

No outono de 2006, supondo que o romance seria publicado, ofereci um curso sobre "A chave de Salomão". Infelizmente, Dan Brown não produziu, e não houve romance. Mas as pistas anteriores e a minha própria pesquisa levaram os alunos a realizar um trabalho sério sobre vários temas que são importantes para o romance. Esses trabalhos foram publicados na Internet como *The Keys of The Solomon Key* e cobriam tópicos como a influência egípcia em Washington, D.C., os símbolos maçônicos em Washington, D.C., Benjamin Franklin, Francis Bacon e Thomas Jefferson. Atualmente, estou conduzindo um seminário sobre *Anjos e demônios*, em que os alunos estão fazendo comentários sobre o romance como um *wiki*.

Como outros que têm acompanhado de perto esse romance, fiquei encantado em ler o anúncio de sua próxima publicação e participei das buscas de pistas do Facebook e do Twitter. Li *O Símbolo Perdido* imediatamente com meus alunos, aos quais sou grato por identificarem muitas das chaves que se tornaram parte de meu livro. Eles levantaram muitas questões que mereciam um exame mais de perto e, no caso da sobrecapa, detectaram alguns nomes e números que ajudaram a revelar algumas chaves do romance. Também iniciei um guia *on-line* para *O Símbolo Perdido*, ao qual espero retornar.

Este livro está sendo preparado há quatro anos. Devorei grande parte da literatura sobre os tópicos previstos, como a maçonaria e Washington, D.C. Explorei extensivamente a Internet, visitando literalmente milhares de *sites*. Como quase todos aqueles que ficaram em parte surpreendidos, passei algum tempo me familiarizando com a noética, *The Intuition Experiment* e o Centro de Apoio aos Museus Smithsonian.

Sou um acadêmico, mas este não é um livro erudito. Destina-se ao leitor em geral que deseja saber algo mais sobre os tópicos e questões levantados em *O Símbolo Perdido.* Citei em minhas páginas alguns dos livros e autores que me foram mais úteis. Também proporcionei 133 *links* da Internet que os leitores podem consultar para obter informações adicionais para cada uma das 33 chaves. Não coloquei na obra citações que incluiriam todos os livros, artigos e *sites* da Internet que consultei. Nem citei algumas fontes eletrônicas para consulta rápida que qualquer um normalmente consultaria. Estas incluem os mecanismos de busca:, *The Oxford English Dictionary, Encyclopedia Britannica*, incluindo a edição de 1911, *The Catholic Encyclopedia*, o Internet Sacred Text Archive, Wikipédia e YouTube. Lembre-se de que "'*Google' não é sinônimo de 'pesquisa'"* (105). Mas certamente é um ótimo lugar para começar.

Este livro jamais teria sido publicado não fosse por Grace Freedson, que continuou buscando alguém para descobri-lo. Esther Margolis, de Newmarket Press, acreditou em mim e me inspirou a acreditar que ele poderia ser publicado a tempo de satisfazer os leitores que já estavam buscando por respostas. Sua equipe fez milagres para preparar e ilustrar este *A filosofia de O Símbolo Perdido*. Meus alunos nunca duvidaram, e sua leitura do romance e sua própria pesquisa da Sabedoria Antiga apoiaram meus esforços. Finalmente, minha amada esposa Dorothea, meu presente de Deus, Carina, minha adorada, Stefanie, minha coroa, e Alexandra, minha defensora, todas aguentaram e apoiaram meus esforços e encontraram seu caminho no esquadro da dedicação.

Aos meus leitores, estendo minha mão convidando-os para compartilhar comigo seus comentários e sugestões em tom.beyer@middlebury.edu.

Links

AS CHAVES PARA O CÓDIGO DA VINCI
community.middlebury.edu/~beyer/dvc

AS CHAVES PARA A CHAVE DE SALOMÃO
community.middlebury.edu/~bejer/sk/índex/htm

AS CHAVES PARA ANJOS E DEMÔNIOS
keysangelsdemons.wetpaint.com

CHAVES PARA *O SÍMBOLO PERDIDO*
keystolostsymbol.wetpaint.com

POSTERS, LOGOS E MAIS SOBRE *O SÍMBOLO PERDIDO*
knopfdoubleday.com/tag/the-lost-symbol

Este livro foi composto em Caslon 224
para Textos Editores Ltda.
em janeiro de 2010.